少年陰陽師

しょうねん おんみょうじ

少年陰陽師 拾肆

竹姬綺緣

其はなよ竹の姫のごとく

結城光流—著　涂愫芸—譯

重要人物介紹

藤原彰子
左大臣藤原道長家的大千金，擁有當代最強的通靈能力，因而成為異邦妖魔覬覦的對象，但也因此與昌浩結識。後來基於某些因素，半永久性地寄住在安倍家。

安倍昌浩
大陰陽師安倍晴明的小孫子。還是個菜鳥陰陽師，但潛藏著日本第一的資質。父親是安倍吉昌，母親是露樹。生性好強、耿直，最討厭的話是「那個晴明的孫子」。

紅蓮
晴明的式神，十二神將之一，別名騰蛇，擁有最強的通天能力。因為曾觸犯神將禁忌，周遭人大都懼怕遠離他，但是與昌浩邂逅之後，改變了他。

小怪（怪物）
昌浩的最好搭檔，總是陪在昌浩身旁。長相可愛，嘴巴卻很毒，態度也很高傲。它其實是十二神將之一紅蓮（騰蛇）的化身，性情剛烈，一旦面臨危險便會展露神將的本性，保護昌浩。

六合
十二神將之一，是經常隱形跟著晴明的木將，但是最近大都受晴明之命保護昌浩。沉默寡言、冷靜。

安倍昌親
昌浩的二哥，是陰陽寮最活躍的年輕術士之一，專攻天文道。在兄弟中最穩健沉著，是個成熟的男人。

安倍成親
昌浩的大哥，非常年輕有為，在陰陽寮高居曆表博士之位。是參議的女婿，生性開朗豁達、風流倜儻。

小妖們
無憂無慮、無拘無束，喜歡惡作劇的一群小妖。大叫一聲：「孫子！」再從上面跳下來壓住昌浩，已經成了慣例。

爺爺
歷代少見的大陰陽師安倍晴明，因為老喜歡耍昌浩，成了昌浩口中老奸巨猾的「老狐狸」。能使用離魂術回到二十多歲的模樣，多次幫昌浩解決了危機。

高淤
貴船龍神高龗神。自從昌浩救祂脫離異邦妖魔的封鎖之後，便對昌浩產生了好感。

勾陣
十二神將之一的土將。通天能力僅次於騰蛇的她，也是個凶將。年紀大約二十出頭，細長眼睛綻放出銳利的光芒。鑽牛角尖，但生性認真。

目錄

掃蕩黑之幻妖……007
惹神遭祟……067
理由無人知曉……127
竹取公主……183
後記……234

掃蕩黑之幻妖

黑夜中，後頸部一陣扎刺感。
昌浩回頭高喊：「嗡阿比拉嗚坎夏拉庫坦！」
逐漸擴散蔓延的黑暗，發出慘叫聲往後逃竄。
是妖魔！混入黑暗中悄悄逼近，卻掩不住企圖隱藏的妖氣。
昌浩擺出以右手結刀印的架式，身旁傳來不是很熱絡的聲援。
「加油，別輸了，晴明的孫子！」
有隻生物用後腳直立起來，舉起前腳東揮西搖。
昌浩瞬間把敵人遺忘到天邊，齜牙咧嘴地大叫：「不要叫我孫子！」

從對屋窺伺外面情況的安倍昌親，聽到震響的怒吼聲，輕輕按著額頭。
「……」
有個男人安慰似的拍了拍他的肩膀。
那是安倍成親，昌親與昌浩的哥哥，年紀輕輕就當上了陰陽寮的曆表博士。
「嗯，很有氣勢，這是好事。」
「是嗎？」

弟弟懷疑地瞇起眼睛，成親露出苦笑，轉身對在他背後發抖的年輕侍女和驚恐地躲在她懷裡的小孩說：「不用擔心，有我們在。」

侍女臉色蒼白地點點頭，躲在她懷裡顯得很害怕的小孩卻豎起了眉毛說：「趕快消滅那東西啊，飯桶！」

帶著微笑的成親，眉毛抽動了一下。

瞥見那樣的反應，昌親不露聲色地扯扯哥哥的直衣袖子。

回過頭的成親，顯得有些憤怒，但很快收起了表情。

「好像有點棘手。」

就在他這麼說的瞬間，緊閉的木拉門被推開，吹過一陣強風。

小孩發出尖叫聲。

「你們在幹什麼，真沒用！」

「哥，快築起壁壘！」

與尖叫幾乎重疊的嘶吼，掩蓋了小孩的辱罵。

昌親啞然無言，默默地單腳跪地，在冰冷的地上畫出一條橫線。

「禁——！」

可以感覺到從那條橫線升起了無形的壁壘。

沒多久，黑影般的東西便從敞開的木拉門闖入，侍女的尖叫聲刺穿了兩人的耳膜。

但是，那東西被昌親築起的壁壘彈開了。

犀利的擊掌聲響起，雙手合十的成親，斜瞪著黑影。

「嗡沙拉沙拉巴查拉哈拉崁溫哈塔……！」

被彈出去的黑影重整架式，瞪視著成親。低吟片刻後，終於抵擋不住真言的威力，開始慢慢往後退。

看到黑影輸給成親，從對屋裡退到木拉門的門檻外，已經做好萬全準備的昌浩，立刻揮下高舉的刀印。

「兵臨鬥者，皆陣列在前！」

像新月般清冽的靈力刀刃撲向了黑影，但差之毫釐被黑影閃過，黑影瞪昌浩一眼就忽地消失了。

沉澱周遭的陰鬱空氣，瞬間被新月刀刃一掃而空。

昌浩咬住嘴唇，瞪著什麼也沒有的空間。

「可惡，被逃走了。」

「好黑，那是怪獸。」

在昌浩身旁嚴陣以待的小怪解除戒備，瞥了一眼對屋，微微吊起了夕陽色的眼睛。

「那個小鬼到底做了什麼事……」
聽到小怪這麼嘀咕，昌浩緊張地「噓」它，把食指抵在嘴巴上。
「小怪，不能說這種話啊。」
「咦——咦——咦，有什麼關係，反正那小子又聽不到我的聲音。」
小怪不高興地甩甩長尾巴，斜斜站著。
它的身軀像大貓或小狗，全身有著純白的毛，從頭到尾都毛茸茸。長長的耳朵向後飄揚，脖子圍繞著一圈勾玉般的突起，額頭上有花般的紅色圖騰。
瞪著昌浩的半睜眼睛，是熊熊燃燒的夕陽熔化後的顏色。
這種生物不存在於世上任何地方，那是隱藏了真正身分的異形。
昌浩把這傢伙稱為「怪物的小怪」。
小怪忽然豎起耳朵，環視周遭一圈。
這時候，響起小孩尖銳的叫聲。
「我受夠了、我受夠了！他們全都是飯桶！叫晴明來，把這些沒用的傢伙統統趕走，叫晴明來！」
小怪的眼神強烈動盪著。
昌浩悄悄往前一步，抓住小怪的尾巴，小聲對它說：「小怪，克制點！」

「不要阻止我，昌浩，再怎麼樣也有該說與不該說的話。」

轉過來看著昌浩的小怪，橫眉豎目、齜牙咧嘴，用力吸了口氣。

「天文博士安倍吉昌的三個兒子都來保護他，他還說那種話！」

看到小怪那麼生氣，昌浩無奈地嘆口氣說：「沒辦法啊！」

老實說，昌浩也很生氣。撇開自己不談，大哥成親和二哥昌親，都是前途一片光明的陰陽寮年輕術士，卻被說成飯桶、沒用的傢伙。

但是，不管怎麼樣都不能辯駁，因為……

「對方是左大臣大人府上的鶴公子。」

新年活動終於告一段落的陰曆正月中旬。

當代第一大貴族藤原道長，派使者去請昌浩的祖父安倍晴明即刻前來。

匆匆出門的晴明回到家時，天已經黑了。

面露難色若有所思的晴明，把兩封信交給式神十二神將之一的風將白虎。

白虎去某處後，晴明把昌浩找來，白色怪物坐在昌浩旁邊，環抱雙臂觀察晴明的臉色。

「怎麼了？神情這麼凝重。」

「嗯，有件事情不好解決。」

看到祖父沉重地點著頭，昌浩察覺事態非比尋常，端正坐姿說：「爺爺，大臣大人究竟說了什麼……」

晴明轉向關心詢問的十四歲孫子，煩惱地嘆了口氣說：「可能是詛咒……或是咒殺。」

「什麼？」小怪皺起了眉頭。

昌浩也吞口水緊張的問：「您是說……有人要加害大臣大人？」

真是這樣，事情就嚴重了。

藤原道長是當代第一大貴族，不但在朝廷兼任左大臣與內覽，還擁有龐大的財產。這樣的身分地位惹來不少仇恨與妒忌，每次有事發生，就會來找被冠上曠世大陰陽師頭銜的晴明商量。

去年冬天，他把大女兒送進藤壺當女御，不久後皇上就會宣旨升她為中宮。

昌浩神情嚴肅地握著雙手。

當今皇上有很多嬪妃，恐怕也有不少人不歡迎藤壺女御入宮。或者，那個詛咒者跟這些都無關呢？

既然左大臣的人身安全受到威脅，自己就有義務為他解決危機。

「昌浩……」

聽到祖父叫喚，昌浩抬起頭，滿臉皺紋的祖父正欲言又止地望著他。

「爺爺，什麼事？」

「被詛咒的不是大臣大人。」

「咦？」

「那麼，是誰？找你去的是道長吧？」

直呼左大臣名諱的小怪，與人類世界的身分、地位完全無關，所以不管對方是誰，它都一樣不拘小節。

晴明點點頭，對搔著脖子一帶的小怪說：「沒錯，我是受左大臣之託，保護他現年九歲的公子，聽說每晚都有妖魔鬼怪來騷擾他。」

隔天，昌浩聽從祖父的指示去了東三条府，這天正好是一月中旬的望粥節①。

結束一大早開始的陰陽寮工作後，昌浩在中午前回到安倍家，連喘口氣的時間都沒有，就著手準備出門。

左大臣東三条府的西對屋，出現來歷不明的妖魔，企圖趁隙闖入主屋攻擊年幼的公子。

看到昌浩把唐櫃裡的念珠、符咒拿出來篩選，小怪偏著頭說：「詛咒對象是左大臣家的公子，喂，你想會不會是繞個大圈子，反過來利用父母心，不針對本人，卻針對兒子，比傷害他本人更能傷害他的心。」

昌浩停下挑選符咒的手，板著臉說：「我想應該是。公子才九歲，完全沒有能力抵抗。」

九歲時的昌浩，因為種種原因一時喪失了靈視力，什麼也看不見，但還是每天接受磨練學習技術。

當時，與他年紀相差很多的哥哥們，都已經結婚住進對方家裡，所以他不太有跟哥哥們一起生活的記憶。因為年紀差很多，所以哥哥們很疼愛他，但做錯事時也會被罵得很慘。說也說不聽時，還會飛來鐵拳。

「尤其被成親大哥打得最慘……」

「咦，你說什麼？」聽到昌浩自言自語的小怪問。

「沒什麼啦，只是想到小時候做錯事就會被打。」

小怪用力點著頭，大表贊同。

「對說也說不聽的小孩，光說沒用，當然要靠體罰讓他記取教訓。」

「嗯，我也這麼想。」

坦然表示同意的昌浩，腦中閃過淡淡的光景。

——……！

有個嚴厲的聲音斥責過自己。

他不經心地看著自己的手，將手指緊握、張開，偏著頭思索。

那似乎是小時候的模糊記憶，在某種機緣下會突然浮現，但現在不管怎麼搜尋記憶都想不起來。

以後再問爺爺吧。

整理出幾張符咒放在懷裡的昌浩，聽到有人從木拉門的縫隙叫他。

「昌浩，露樹阿姨叫你吃完紅豆粥再出門。」

打開木拉門進來的少女，個子比昌浩小，年紀也比昌浩小一歲。

「嗯，我知道了，謝謝妳，彰子。」

彰子眨眨眼說：「我常在想……」

「什麼？」

彰子在昌浩身旁坐下，微微一笑說：「昌浩，不管多小的事，只要有人幫你做什麼，你一定會說謝謝。」

「這是天經地義的事啊！」

彰子回說：「話是這樣沒錯。」笑得更深邃了。

她因為某些緣故，必須半永久性地寄宿在安倍家。原本是當代第一大貴族家千金，所以剛來時吃了不少苦。最近，拿菜刀的技術比剛來時進步多了。

「今天露樹阿姨稱讚我，手比以前靈活了。」

不過，跟露樹比起來，恐怕還需要長久修練。

彰子雙手握在胸前，說得很開心，昌浩微笑聽著她說。他知道彰子有多努力，所以可以了解她有多開心。

「太好了……啊，對了，彰子，我想問妳一件事。」

「什麼事？」彰子偏頭問。

小怪說：「我們現在要去東三条府，西對屋是怎麼樣的地方？」

「咦，出了什麼事？」

出乎意之外的話，讓她張大了眼睛，東三条府正是她出生成長的地方。

「嗯，有點事。啊，不是妳父親，是妳大弟。」

「鶴怎麼了？」

彰子這麼問，昌浩才知道那位公子的名字，原來他叫鶴啊。

安倍家幾乎不取小名。儘管晴明說過名字是最短的咒語之類的話，小孩卻都在出生時就取了正式的名字。不過，這似乎是從晴明這一代開始的習慣，聽說他小時候的名字是安倍童子。

意思就是「安倍家的孩子」，取得也太隨便了。晴明自己並不喜歡，所以昌浩的伯父吉平和父親吉昌，從出生時就是吉平、吉昌。

這只是安倍家的習慣，一般都要先取小名，行元服之禮時再取名字。不過，貴族之外的百姓人家不太會這麼做，安倍家的家風可能比貴族開放，比較接近百姓人家吧。

「聽說西對屋每晚都有妖魔出沒，鬧得天翻地覆。好久不見的三兄弟將要齊聚一堂，合力收服妖魔。」

小怪舉起前腳說得口沫橫飛，昌浩在一旁點著頭。

「其實原本是找爺爺去除魔降妖……」

據爺爺說，從正月三日後幾乎每天有幻妖出現。起初不會接近對屋，後來越來越縮短距離，前幾天已經爬上外廊，把木拉門抓得嘎吱嘎吱地震響，企圖闖進屋內。

第一個發現幻妖的是服侍公子的侍女。

「侍女說她聽到奇怪的聲音就往外看，看到一個黑影在外面徘徊，還目光炯炯地瞪著她。」

「一定是桂野，我母親常說她是最機警的侍女。」

彰子以前住在東三条府的東北對屋，她說東三条府很大，所以即便住在同樣的建地，也很少會去其他對屋。

「我住的東北對屋不是離西對屋有點遠嗎？有時鶴會沿著建地走到附近，兩人開心地玩在一起，但他從沒進來過，大概一個月只見幾次面吧。」

「這樣啊？」昌浩覺得很驚訝。

他以為兄弟姊妹都是住在一起，天天見面，至少安倍家在兩個哥哥結婚前都是這樣。

「是啊，很可愛呢，畢竟是我弟弟，雖然有點粗暴，但心地很好。」

彰子說有點粗暴，昌浩卻覺得他不但粗暴，而且火氣很大。

不能保證剛才擊退的幻妖不會再來，所以昌浩和小怪坐在環繞西對屋的外廊上，監視著周遭狀況。

屋內，九歲的公子不聽侍女勸阻，正在對成親、昌親發脾氣。

「你們一點都沒用！我要跟父親說，叫晴明來！」

可能罵得有點累了，暫時閉上了嘴巴，表現得落落大方的成親對他微微一笑。昌親看到他那樣子，輕輕挑動了眉梢。

「公子，如你所說，我們可能是無能又沒用的廢物，但是我們的祖父晴明非常忙碌，所以這件事還是交給我們吧。」

昌浩和小怪豎起耳朵，聽著從木拉門縫隙傳出來的對話，兩人面面相覷。

以安倍家長子安倍成親的個性，聽到家人被侮辱就會火冒三丈。只因為對方是大臣的嫡子，他才強裝平靜地說話。但是，兄弟們都知道他很生氣，最好的證據就是昌親用膝蓋壓著他的衣服下襬，讓他不能輕舉妄動。

大概是被成親的話激怒了，鶴公子開始鬼吼鬼叫。還是小孩子那種尖銳的聲音，所以非常刺耳。

在外廊聽的昌浩，覺得胸口鬱悶，呼地吐了口氣。

「有點生氣……」

以前，在元服之禮前，跟父親吉昌去東三条府時，昌浩就曾經想過，這種大貴族家的嫡子，想法通常都與眾不同，希望不會太任性自我。

他的猜測果然沒錯。先不談跟其貴族子弟能否處得來，他覺得自己跟左大臣的嫡子絕對處不來。

看到昌浩不高興的樣子，小怪跳起來拍拍他的肩說：「忍耐、忍耐，他是當代第一大貴族的兒子啊。」

「我知道。」

可是，挨罵的若是讓妖魔逃走的自己也就算了，盡到保護責任的哥哥們竟然被罵「飯桶」，教他怎能不生氣。

從木拉門縫隙看到哥哥們被當成洩憤的活靶子，他就生氣，乾脆把視線轉向庭院。

東三条的庭院很大，風吹過水池表面，就會帶來冰凍般的寒氣。雖然已經是春天，但還是一月中旬，現在太陽又下山了，感覺越來越冷。

對屋裡有屏風和帷屏來擋風，還有火盆，應該比外面暖和多了。

「好羨慕。」

昌浩不甘心地叨唸著，隨手抱起小怪，把白白長長的小怪直接圍在脖子上，再對著雙手呵氣。

「昌浩，你把我當成什麼了？」

「現在是最好的禦寒用具。」

「……」

抗議只得到毫不留情的回答，小怪啞然無言。昌浩瞥它一眼，看到它半瞇著夕陽色的眼睛。

沒辦法，真的很冷嘛，昌浩暗自嘀咕著。剎那間，一股寒氣掠過背脊，周遭有了動靜。

小怪跳下來，機警地回過頭看，四腳幻妖越過高欄蹦了出來。

「果然是怪獸！」

撲向昌浩的幻妖，被小怪用身體彈飛出去，撞到緊閉的板窗，四腳朝天摔在外廊上。但很快就跳起來，衝向小怪。

「小怪！」

為了閃開直撲來而的幻妖，小怪高高跳起，再用前腳抓住來用固定上層板窗的門鉤，懸吊在半空中。

幻妖又從外廊蹬起撲向小怪。

「喔哇！」

難得驚慌的小怪，猛地抬起後腳，及時閃過幻妖的攻擊，手也放開了門鉤。

在半空中連翻兩次觔斗後又扭腰旋轉的小怪，只靠後腳降落在外廊上。

昌浩差點忘記眼前的狀況，為那精采的動作鼓掌喝采。

「厲害，太漂亮了！」

「對吧、對吧，我的身段多麼華麗啊。」

小怪微微攤開兩隻前腳，但很快又跳了起來，因為折回來的幻妖又從背後襲向了它。

「搞什麼，這傢伙打算先把我擊倒啊？」

跳到高欄上的小怪，瞇起眼睛，跳躍著閃避幻妖的攻擊。

那樣跳來跳去、時而側翻、時而前翻地閃避幻妖，看起來很像在嬉戲。

昌浩目瞪口呆地看著小怪與幻妖對決時，突然有隻黑色怪獸衝向了他。

因為是攻其不備的奇襲，站在外廊盡頭的昌浩，反應稍微慢了一些。

「昌浩！」就在小怪大叫的同時，強烈衝擊襲向了胸口。

「唔！」

受到衝擊的昌浩，從外廊的階梯滾落了下來。

幻妖忽然消失，昌浩仰躺著從十幾層的階梯往下滑。

小怪大驚失色，在昌浩著地前，及時將自己的身體滑入地面與昌浩之間。

「唔！」

「哇……！」

儘管避開了折斷脖子的最糟狀況，卻還是無法完全阻擋衝力，被壓在昌浩底下的小怪哀哀叫著。昌浩也發出不成聲的呻吟，動彈不得。

聽到外面的騷動，昌親驚慌地從木拉門衝出來。

「昌浩?!」

昌浩微微張開眼睛。

有人從階梯上俯瞰著他。那是二哥昌親，很少看到向來沉著的二哥這麼驚慌失措。

忽然，有個光影跟二哥的身影重疊了。

一個小小的身影俯瞰著他。陽光從背後照過來，在那張臉上形成了陰影。

那雙眼睛盯著不能動的他，嘴唇蠕動著，聲音卻……

「唔……好、重……」

從背部下面傳來呻吟聲，幻影就消失不見了。

昌浩眨了眨眼睛。

「小怪，你救了我，我不該說這種話，可是……」

「你說啊。」

「你不覺得以你這種體型想接住我，有點自不量力嗎？」

「覺得……」

儘管這麼回答，小怪還是傾全力撐起了昌浩的上半身。然後伸展全白的身軀，板著臉說：「可惡，太粗心大意了。」

都怪自己低估了幻妖，以為它們沒什麼力量。

「你還好吧？」

從階梯走下來的昌親伸出了手，昌浩抓住他的手站起來。

「沒事，只是有點痛。」

昌浩拍掉狩衣上的沙土，走上外廊，向對屋裡的侍女招手。

「不好意思，我想請教一件事。」

侍女桂野怯生生地看著成親，成親點了頭，她慢慢走到外廊。鶴公子還在她背後發脾氣，罵得很難聽，但誰都拿他沒辦法。

「請問什麼事？」

昌浩指向階梯，對畏畏縮縮的桂野說：「最近有沒有人從這個階梯摔下去？」

昌親和小怪都默默聽著昌浩說。小怪瞥昌親一眼，昌親以動作回應。

他知道小怪的真正身分，成親也知道。

白色形體只是偽裝，原形是十二神將騰蛇。這個人人畏懼的凶將，在十二神將中是最強的男人。時而散發出來的鬥氣，帶著火焰的殘酷。這股力量被封鎖在小怪的形體內，沒有特殊能力的人看不到他的原形。剛才他可以恢復原形拯救昌浩，但那麼做會迸發強烈神氣。所以，除非事態嚴重，否則暴露原形絕不是最好的做法。

為了回答昌浩的問題，桂野仔細回想。
「對了……正月來訪的矩忠大人的公子，從階梯摔下去，傷到了腳。」
「中納言大人的公子？」
這麼問的是昌親，昌浩第一次聽到這個名字。
在陰陽寮擔任直丁的昌浩，是最下層人員，沒有必要記住公卿們的長相和名字。
桂野點點頭說：「是的，聽說他不久前才行元服之禮，現在要等腳傷痊癒才能進宮，正在家裡修養。」

都快半夜了，昌浩和小怪才匆匆趕往中納言藤原矩忠府邸。
因為覺得麻煩，半夜也不用擔心被誰撞見，所以昌浩把頭上的烏紗帽交給哥哥保管，解開髮髻，把頭髮綁在後面。
「我看到階梯上有個身影。」
跟在旁邊跑步的小怪甩甩白色尾巴說：「跟這件事有關嗎？」
昌浩神情嚴肅地點點頭說：「應該有關係。」
從階梯往下看的是鶴公子，他滿臉怒色，吼叫著什麼。

是幻妖殘留的氣息，讓昌浩看到那個光景，其中絕對有什麼蹊蹺。

那天，中納言矩忠是帶著剛行元服之禮的兒子去東三条府拜訪。矩忠和道長把酒交歡，兒子克時陪年紀相近的鶴公子玩。

矩忠府座落於左京的南方六条，應該花不到半個時辰。

「起碼要在亥時前……」

昌浩突然停頓下來。

前面有個身影。

那個人穿著破舊寒酸的黑色僧衣，夜都深了，卻還把斗笠壓低到眼眉上。右手握著錫杖，一走路就發出鏘啦鏘啦的沉濁聲。

小怪跳到昌浩的肩膀上。

「這個和尚真奇怪，大半夜還出來走。」

「小怪，我們沒資格說人家吧？」

「沒錯。」

昌浩從和尚旁邊跑過去，一股寒意瞬間掠過背脊。

小怪警戒地豎起全身白毛。

昌浩猛地向後看。

那個和尚正停下腳步，轉身看著他，他也停下了腳步。
和尚又突然轉個身，無言地離開了。昌浩目送他的背影離去，疑惑地皺起眉頭。
「有種奇怪的感覺……」
小怪憂慮地瞇起了眼睛。
「那個和尚……法力超強。」
昌浩和小怪都感覺到，和尚刻意隱藏卻還微微散發出來的力量毫端。
「大概是高野或比叡的和尚吧。」
不管怎麼樣，半夜一個人走在路上還是很奇怪。
兩人不再多想，加快腳步前往矩忠府邸。
和尚又停下來，看著快步離去的昌浩。他揚起嘴角，把斗笠往上推，露出約三十五歲以上的容貌。
「發現了啊？不愧是安倍家的小兒子。」

✵ ✵ ✵

中納言矩忠搖醒夢囈中的兒子。

「克時、克時，你醒醒啊！」

汗水淋漓的克時猛然張開眼睛。

「父親……」

矩忠鬆了口氣。

「腳痛嗎？我叫人來幫你冷敷吧？還是幫你找藥師來……」

克時跳起來說：「不用，我沒事……只是作了惡夢。」

這樣啊，矩忠點點頭，滿臉憂愁。

「你已經成人了，要更精明些才行。不要再發生從階梯摔下來那種糗事了，連鶴公子都被你嚇得窩在對屋裡不肯出來。」

克時緊抓著用來代替被子的外衣說：「是……」

「你都十一歲了，要沉穩點啊！好了，快點睡吧。」

他俯首點頭，父親就離開了他的房間。

木拉門被關上後，他用力咬住了嘴唇。

「……」

兩手緊抓著外衣。

他真的作了惡夢，只是完全想不起來是怎麼樣的夢。

他掀起左手袖子，露出纏繞的黑色念珠。有人對他說，戴著這個會有好事。

然而……

「哪有什麼好事？」

腳復原得很慢。最近也都沒什麼食欲，因為壅塞胸口的情感怎麼也散不去。

他很想說，事實不是那樣。但是，他不能說。

惱恨、惱恨。腳痛。胸口鬱悶。

克時重重地深深地嘆了一口氣。

躺下閉上眼睛後，他透過衣服撫摸著左手上的念珠。

希望今晚可以作個好夢。

◆ ◆ ◆

抵達中納言府邸的昌浩，赫然停下腳步。

小怪繃起臉說：「這是怎麼回事？」

雅致的府邸角落，冒著紅黑色的煙霧。

「感覺很像那個黑色幻妖。」

鏘！背後響起金屬的聲音。

昌浩和小怪猛然回過頭。

是剛才那個和尚，與他們相隔約一丈的距離。

昌浩倒抽了一口氣，他完全沒有察覺和尚靠近。

「我不會讓你們壞了我的好事。」

「什麼意思？」

這麼低嚷的是小怪，昌浩開始嚴陣以待。

和尚又搖響錫杖。

「我是說，那是那個少年真正的心願，不要阻撓他。」

小怪目瞪口呆，沒想到和尚竟然對著他回答。

「你看得到我？」

和尚沒有回答，嘴唇在斗笠下獰笑著。

冰冷的風靜止了，紅色鬥氣瞬間環繞小怪的白色身軀。

昌浩屏住氣息，嚴厲地說：「不行！小怪，你退下。」

進入戰備狀態的小怪，接到命令就冷卻了下來。

「對方是人類。」昌浩平靜地補充說明，小怪不甘心地咋了咋舌。

十二神將不可以傷害人類。

儘管如此，小怪還是擋在前面保護昌浩，用懾人的眼神瞪著和尚。

昌浩看一眼中納言府邸，問和尚：「為什麼阻擋？」

那團煙霧是禍害，必須斬斷從那裡衍生出來的東西。

和尚的錫杖發出聲響。

啪唏！響起什麼東西彈開的聲音，黑色幻妖從中納言府邸跳出來。嘲笑似的瞄了昌浩他們一眼，就消失在北方盡頭了。

「是東三条府……」

昌浩和小怪正要追上去時，被和尚阻止了。

伸出來的錫杖前端，對準了昌浩的喉嚨。

「消滅那東西，少年就會沒命，你們還是要保住大臣那個傲慢的兒子嗎？」

怒火中燒的昌浩，反射性地大叫：「不管是誰，只要有危險，我都要救，這就是我的工作！」

和尚咯咯嗤笑。

「你果然是安倍家的人，只會說冠冕堂皇的話，不切實際。」

「什麼……?!」

小怪低嚷起來，夕陽色的眼睛炯炯發亮。

「退下，紅蓮……退下。」昌浩輕聲呼喚小怪原形的名字，以右手打出刀印。

他沒有用法術對付過人類。但是，本能告訴他，對方是敵人，而且是深不可測的對手。

和尚以錫杖擊地。杖頭上的幾個小金屬環鏘啦鏘啦作響。片刻後，聲音扭曲迴響，刺穿了昌浩他們的耳朵。視野劇烈動盪，錫杖的聲音在耳底繚繞，化為貫穿腦頂的疼痛。

「可惡！」

兩人抱頭熬過疼痛。當聲音消失恢復靜寂時，和尚已經不見蹤影。

昌浩茫然地環顧周遭。

「那傢伙……究竟是……」

「不知道。」小怪的語氣極力壓抑感情，說完便跳上昌浩的肩膀。

「但是，那傢伙很危險……遇上那樣的對手，我只能保護你。」

如果對方是妖怪，就可以現出原形迎戰。

小怪的原形是身材高大的年輕人，也就是十二神將之一騰蛇。昌浩的祖父安倍晴明，替他取了另一個名字叫紅蓮。他所操縱的火焰，可以燒毀任何東西。但是，對手若是人類，就會觸犯十二神將必須遵守的天條。
昌浩抓抓小怪白色的頭，小怪不耐煩似的甩動長長的耳朵。
「放心吧，我也會盡我全力。」
不過，現在該想的是……
昌浩看看中納言府邸。
到底該去追跳出來的幻妖？還是斬斷這裡的根源？
「東三条府裡……」
小怪露出深思的表情。
「有成親和昌親。」
正要折回東三条府的昌浩停下了腳步。
沒錯，有比自己大一輪以上的兩個哥哥，在那裡保護那個任性的少年。有他們在就沒問題。至少，他們的法術遠勝過自己，比還不成熟、還需要小怪協助的自己，更值得信賴。
昌浩轉向中納言府邸。
升騰的煙霧在府邸上空停滯盤踞，形成比夜晚更黑更厚的雲層模樣。

從板窗前傳來夢囈般的聲音。

小怪的長耳朵抖動了一下。它疑惑地瞇起眼睛、豎起右耳，把頭貼在板窗上，偵查室內的動靜。

輕盈地跳過圍繞中納言府邸的木牆、闖入庭院內的小怪，毫無聲息地衝上外廊。

牆外的昌浩正在佈設以足跡做成外圍的簡單結界。已經跳出去的傢伙，哥哥們會給予痛擊，他只要讓撤退的傢伙進不來就行了。

在室內探頭探腦偵查後，小怪又無聲地翻身跳出了牆外。

「哇！」

白色物體突然自空而降，正在走路的昌浩不由得大叫一聲，小怪神色自若地說：

「什麼嘛、什麼嘛！怎麼可以這樣就被嚇到了，再怎麼說你都是將來可能、應該會成為一流陰陽師的人啊。」

「人類都有所謂無意識的部分嘛，好了，這不重要。」

昌浩仰頭望向木牆裡面，正經地說：「裡面狀況怎麼樣？」

「的確有妖氣，但是，沒有任何力量的小孩，不可能散發出那樣的氣息。」

其中必有因。

昌浩不知道該怎麼做。深夜突然造訪，屋主會毫不猶疑地請他進去嗎？

坐在他腳邊的小怪甩甩尾巴說：「應該不會吧，教人很難不起疑，實在太可疑了。」

「啊，果然是這樣？」

在快過子時的深夜，若有人上門來說，貴府上空飄著詭異的煙霧，所以可以讓我見見可能是起因的貴公子嗎？

換做是自己，也會覺得再可疑不過了。

坐著的小怪靈活的環抱雙臂說：「這種時候，不能隨心所欲地行動最麻煩了。像我們這種存在，一般人卻看不見，就可以想進去就進去。」

對吧？小怪望向昌浩後面什麼都沒有的地方徵求同意，可以微微感覺到回應的氣息，因為十二神將六合正隱形地站在昌浩身旁。

不置可否地聽著小怪說話的昌浩，突然露出靈光乍現的眼神。

「對了，換個想法就行了！」

昌浩單腳蹲下，降低視線，抱起坐著的小怪。

「小怪，是你大展身手的時候了。」

「什麼？」

小怪夕陽色眼睛驚訝地眨了又眨，昌浩他卻點了點頭。

夜半的風吹進來。

把克時冷醒了。

周遭漆黑一片，是什麼時刻了呢？

他茫然想著，緩緩移動視線。全身被冷汗浸濕，纏繞念珠的手異常發熱。

突然，視野角落有什麼東西閃爍著。他記得就寢前就把燈熄了，現在又是夜晚，周遭應該都籠罩在黑暗中。

然而，卻有一對閃爍的光芒，就像微弱火焰般的紅光。

「嚇……！」

克時跳了起來。原本緊閉的木拉門敞開著，冷風吹了進來，還有一對火光直盯著自己。

牙齒嘎噠嘎噠顫抖，他自己也不知道是因為冷還是害怕。

紅色火光緩緩動了起來。

克時覺得心臟狂跳，因此發出了不成聲的慘叫。

睡得迷迷糊糊的中納言矩忠，被脫離常軌的慘叫聲嚇得從床鋪跳起來。

那是兒子的聲音。

他交代同樣被嚇醒的妻子不要亂動，就衝向了克時的房間。

「克時，你怎麼了？」

他抱住嘎噠嘎噠發抖的兒子，極力安撫時，響起了敲門聲。

「對不起，這麼晚來打攪，請問有人還沒睡嗎？」

在這麼緊迫的狀況下，那個聲音聽起來特別優閒，是很年輕、還像個孩子的聲音。

隔了一會兒，年老的雜役來通報說，有安倍家的人求見。

安倍家正是以陰陽道為業的家族。

矩忠低頭看看兒子。兒子不停地顫抖，哭也哭不出聲來。會嚇成這樣，難道是有異形或妖魔鬼怪入侵？

矩忠命令雜役：「快請他進來！」

「請原諒我的失禮，因為發現有股詭異的氣息，又聽到慘叫聲，我擔心發生了什麼事，所以……」

矩忠見過這個為失禮致歉的少年，他是陰陽師安倍晴明的孫子，在陰陽寮工作的昌浩。

不但左大臣道長和右大弁藤原行成都很器重他，在殿上人眼中也是個前途無量的陰陽師。

昌浩仔細觀察緊靠在矩忠身旁垂著頭的克時後，沉著地環視室內。

「有喜歡惡作劇的異形闖入，請准我施法，以防異形再來驚擾公子。」

「嗯，拜託你了。克時，你也快拜託他啊！」

克時怯怯地抬起頭，深深一鞠躬。

昌浩笑著點了點頭。

臉色不是很好看的小怪，半瞇著夕陽色的眼睛坐在昌浩旁邊。

「看到我這麼嬌小、楚楚可憐的模樣，怎麼會像看到怪物一樣慘叫呢？」

當然只有昌浩聽得見嘀嘀咕咕的抱怨。

平常絕不在一般人前面現身的小怪，刻意顯現讓克時看見而引發騷動，製造陰陽師出場的局面。這麼一來，儘管有點像強行闖入，但的確有異形出現，裡面的人還是會欣然將他請入屋內。

「中納言大人，我現在要施法了，可以請您暫時離開嗎？」

「我不能在場嗎？」

「對不起，真的很快就結束了，結束後馬上去向您報告。」

「我知道了。」

矩忠不情願地走出了房間。

昌浩很快合起雙掌，連拍兩下，然後對害怕得全身僵硬的克時說：「克時公子，沒事了。」

「真的嗎？」

蒼白沒有血色的手上，緊握著黑色念珠。昌浩感覺到從那裡面散發出來的力量，微微瞇起了眼睛。

「那念珠是……？」

「這是……」克時猶豫一下，吞吞吐吐地說：「一個和尚給我的，他說可以幫我消除煩惱。」

「煩惱？」

這麼低聲複誦的是小怪，昌浩問克時：「是你認識的和尚給的？」

「不，我只見過他一次……從階梯摔下來後，我復元得非常慢……」

為了早點復原，就去附近的巷子練習走路。某天，忽然發現一個和尚看著自己。
「他說他加持過，可以儘早實現我的心願……」
突然，那個和尚的聲音在昌浩耳邊響起：「那是那個少年真正的心願。」
從黑色念珠散發出來的微弱氣息，跟衝出中納言家的黑色幻妖一樣。仔細看，會發現是帶點紅色的黑色。
「我想問你一件事。」
克時默默看著昌浩。
「聽說你的腳是在東三条府，從階梯摔下來受了傷……」
昌浩不顧克時臉色大變，又接著說：「是不是……東三条的公子把你推下去的？」
克時的臉色越來越蒼白，十一歲的他嘴巴開開闔闔，無聲地哭了起來。
東三条府的鶴公子，開口向他要父親送給他做為元服禮物的全新摺扇。
他說其他東西都可以，唯獨這把摺扇不行。
對方是左大臣的嫡子，年紀又比自己小，也許他應該順從那樣的要求。但那是最愛的父親送給他的賀禮，真的很珍貴，不論對方是誰，他都不想給。

在西對屋死纏爛打還是要不到，鶴公子氣得把他趕出了對屋。

他走出外廊，正在階梯口煩惱著該怎麼辦時，突然有東西狠狠地撞向了他的腰部。整個世界旋轉起來，然後腳痛、腰痛。

他不知道發生了什麼事，拚命移動視線，看到鶴公子咬牙切齒地說：「都怪你不聽我的話！」

少年說完就躲進了對屋裡。克時搖搖晃晃地爬起來，看到懷裡的摺扇沒有摔壞，鬆了一口氣，頓時腳的疼痛卻貫穿頭頂。

他抱著腳呻吟起來。鶴公子的隨身侍女聽到聲響，出來看怎麼回事，發現階梯下的克時，趕緊衝下階梯。

侍女問他怎麼了，他想據實以告，但是……

「公子從木拉門的縫隙……」

狠狠盯著他的鶴公子，表情像是在威脅他，說出來絕不饒他。

他的嘴巴就不由自主地動了起來，說是自己滑倒摔下來的。

自己的一句話很可能影響父親的立場。鶴公子的父親是左大臣，所以鶴公子怎麼想都覺得很可能危及父親。

他不能把事實告訴任何人，腳傷的復元又不如預期，就在這時候，陌生的和尚給了他念珠。

但是，從那天起就開始作惡夢。醒來時總是汗水淋漓，腳陣陣刺痛，疲憊得全身發熱。

「一定是我太軟弱，妖怪來吃我了……！」

克時說得抽抽噎噎，小怪不悅地吊起了眼角。

「喂，我看起來這麼嬌小、惹人憐愛、純白、天真無邪，你怎麼會想到我要把你吃了呢！」

克時正在哭，所以昌浩沒事似的把手一揮，手背就直接命中小怪的頭。

「昌浩，你讓我背負莫須有的罪名，還這樣對待我！這都是你想出來的好主意，快跟我道歉！」

昌浩深深嘆了口氣。

「是、是。」昌浩頻頻點頭，對它使眼色說事後再道歉，把手伸向克時。

沒事了、沒事了，昌浩撫慰般摸著他小小的額頭。

「原來是這樣啊，嗯，克時，你很偉大，這麼替父親著想，加油喔。」

「不要告訴我父親，也不要告訴大臣大人，不然……」

「我知道了。不過，必要的時候，你自己會說吧？」昌浩把念珠從他手上拿下來，

笑著說：「這個可以暫時交給我保管嗎？我施法時，你最好不要戴著。放心，很快就結束了。」

昌浩剛滿十四歲，年紀跟克時相近。可能是小孩子彼此之間的親切感發揮了作用，克時邊擦眼淚邊點頭。

昌浩施行痊癒和淨化黑色煙霧的法術，向矩忠報告過程後，便離開了中納言府。

那個黑色幻妖，是潛藏在念珠裡的力量，以不能告訴任何人事實因此痛苦不堪逐漸高脹的情感為糧食而衍生出來的東西。拿掉念珠、殲滅幻妖，克時就不會再作惡夢了。

「但那也是克時心靈的一部分，搞不好會害他造成心靈缺失，影響到他的身體……」

小怪跟在快步走向東三条府的昌浩身旁，抬起頭，沒再說下去。

緊握念珠，直視著前方的昌浩，無言、無表情。

那樣子是在生氣。

小怪眨了眨眼睛。

昌浩在生氣，非常生氣，很少看到他露骨地氣成這樣！

小怪不敢叫他，假裝沒看到。

看得出他在生氣，可是，在生誰的氣呢？
小怪思考了一會，瞇起眼睛。
很可能是生那個和尚的氣。氣他趁機而入，給那孩子那種念珠。從昌浩的言行舉止來看，毫無疑問是氣剛才與他對峙的那個和尚，可是，那傢伙究竟是誰呢？
小怪探索昌浩懷裡那串念珠具有的力量，發現不同於陰陽師的法力，正一點一點的釋放出來。那是不太好的力量，必須完全摧毀。
昌浩逐漸加快腳步，為了配合他不得不快跑的小怪，助跑後跳到他肩上。
「你是要去東三条府吧？」
小怪謹慎地確認，昌浩板著臉點點頭。
「要想辦法解決幻妖才行。現在有哥哥他們在，不用擔心，可是……」
說到這裡，昌浩咬唇停頓下來。
要靠武力摧毀幻妖很容易，像平常一樣使用九字真言降伏就行了。但是，那麼做等於挖去克時的部分生命。現在想起來，幸好剛才沒能降伏幻妖，讓幻妖逃走了。
「最好的辦法是鎮壓成為幻妖力量來源的負面部分。」
小怪點頭表示贊同，但神情凝重。
「這是你最棘手的事。」

「抱歉啦！」

昌浩擺出臭臉，嘆了口氣。

「沒關係，這次不見得要我處理。」

正確理解這句話的意思後，小怪眨了眨眼睛。

「啊，說得也是。」

現在有兩個安倍家的陰陽師守在東三条府。

「可是，」小怪微微瞇起眼睛說：「他們不知道緣由，遭到攻擊，就會把幻妖降伏吧？」

「啊！」

那可不行，自己完全忽略了這個可能性。

昌浩從脖子抓起小怪。

「小怪，你快去！」

被拋出去的小怪，半瞇著眼睛抱怨說：「虧你想得出來。」

骨碌翻個觔斗漂亮著地的小怪，跟在昌浩身旁跑了一會。

「你當我是跑腿啊？」

「小怪，你速度比較快啊，快去告訴哥哥們不可以降伏幻妖！」

小怪嘆口氣，對昌浩後面使使眼色，確認有淡淡的回應後，就瞬間消失了蹤影。以昌浩的腳程，到東三条府還要花些時間，非趕路不可。

他正努力調整變得急促的呼吸時，突然覺得脖子有股扎刺感，停下了腳步。在旁邊隱形的六合似乎也有同樣的感覺，散發出清澄的神氣。

鏘地響起了金屬聲。回過頭，那個和尚就站在眼前。看不到他藏在斗笠下的臉，但全身都可以感覺到，他正以冰凍般犀利的眼神注視著自己。

「就某些事來說，安倍果然是我的天敵，老是在緊要關頭破壞我的好事。」

「什麼？」

和尚揚起嘴角，以錫杖擊地，響起深邃清澄的回音。

錫杖觸擊的地方，開始扭曲歪斜。從杖端捲起黑色漩渦，窸窸窣窣地往上攀升。不久後，變成沒有特定形狀的妖魔。

若要形容，就像有黏性的黑水。那東西逐漸擴大並在空中滑翔，飛向了東三条府。

「你要做什麼！」

昌浩驚愕不已，和尚格外沉穩的話扎刺著他的耳朵。

「我特地把力量借給他，他卻保持不住，小孩子就是這麼沒用。」

這句話毫無疑問指的是克時。果然是這個男人給了他念珠。

錫杖發出聲響，霎時，淒烈的法力颳起了強風。

披著深色長布的身影出現在昌浩面前，頓時昌浩眼前一片漆黑，法力之風襲向了他。

但很快就消失了。

「唔……！」昌浩舉起雙手擋住眼睛，法力之風強烈到幾乎讓他喘不過氣來。

六合收起了翻騰的長布。

昌浩慌忙找尋和尚的身影，但和尚突然消失了。

他喘了口氣。「到底是什麼人……」

六合平靜地對這麼茫然自語的昌浩說：「剛才的妖魔是往東三条府去了吧？」

昌浩倒抽一口氣，不只幻妖，連那個黑色妖魔都去了東三条府。

他趕緊轉身離去。

圍繞對屋的外廊，不斷傳來什麼東西衝撞的聲音。

在屋內摀住耳朵的鶴公子，尖叫大吼：「那個飯桶跑哪兒去了？我要告訴我父親！」

「我說過了，他是獲得許可離開現場，去清查原因了。」

「那也要盡快趕回來吧?!果然是個遲鈍、沒用的笨傢伙，我要告訴我父親，讓我父親懲罰他！」

小孩子鬧起脾氣來就沒完沒了。面對從剛才就這個樣子，態度極為惡劣的九歲小孩，連開朗豁達的成親都束手無策。

昌親也漸漸失去向來的沉著穩重，在畏畏縮縮的侍女前強裝平靜，努力壓抑著快湧上胸口的衝動。

都已婚、有小孩的兩人，不約而同在心底立下了相同的誓約。

要徹底做好小孩子的教育。

有堅硬的東西衝撞木拉門。

屋內氣氛驟變，兩個年輕人的表情變得嚴肅，有幻妖之外的東西接近。

木拉門嘎噠嘎噠地震響，黑色影子從稍微敞開的縫隙往裡窺視。

小孩子的驚叫聲劃破了空氣，侍女們吞聲屏氣。

黑影瞬間從縫隙消失了。頃刻，轟隆聲大作，幻妖突破木拉門衝了進來。

昌親衝到撲向鶴公子的幻妖前面，右手結起刀印，在半空中迅速畫出五芒。

「縛！」

揮下的刀印撞擊地面，幻妖也被往下拖，重重地摔在地面上。被縛魔的五芒纏住，幻妖痛苦掙扎企圖逃脫。

「哥哥！」

成親呼應弟弟，雙手結印。「南無馬庫桑曼達……」

「慢著，成親！」聽到銳利的制止聲，成親驚訝地轉移視線，看到白色小怪站在木拉門前。

「騰……」

「稍後再解釋……咦，那是什麼？」

小怪猛地向後轉。

黑暗中，出現了妖氣比幻妖更可怕的黑色妖魔。

夕陽色眼睛閃爍著兇惡的光芒。

「來了啊……」小怪忿忿地拋出話來，從外廊走下庭院。

沒有形狀的黑色妖魔，只包圍了東三条府的西對屋。

被壓抑的強烈鬥氣從小怪的全身爆發出來。

「我現在心情很不好，快給我滾！」

連空氣都嚇得窸窣震響，好像在發抖。

衝出來看怎麼回事的成親全看見了。

白色小怪的輪廓爆開，出現了高大的身軀。奔放的灼熱神氣鎮住妖魔，瞬間就把飄盪的妖氣全清除了。

金色眼眸瞬間掃過呆呆佇立的成親，那就是不帶任何情感，令大家害怕的十二神將中最強的騰蛇冷酷的金色眼眸。

成親不由得屏住氣息，胸口急速發冷，心臟狂跳不已。

光是騰蛇釋放出來的神氣，飄浮的妖魔就被震懾到僵硬得動不了。

突然，騰蛇的金色眼眸變得柔和了。

氣勢洶洶的聲音灌入目瞪口呆的成親耳裡。

「趕上了！紅蓮，可以了！」

聽到叫聲，騰蛇就消失了，變成白色小怪吊兒郎當地斜站著。

「你來得太慢啦，晴明的孫子！」

「不要叫我孫子！」昌浩反射性地頂回去，轉向成親說：「大哥，請先不要降伏那隻幻妖。」

「這……」

昌浩瞪著停滯在半空中的妖魔，對成親說稍後再告訴他原因。

小怪疑惑地皺起眉頭說：「昌浩，那是什麼？」

「這也稍後再說。」

昌浩踩穩雙腳，以兩手打出劍印。

「惡靈妖氣退散，妖魔邪氣退散！」

妖魔被困在咒縛裡動彈不得。

昌浩把劍印轉成刀印，繼續唸咒語。

「兵臨鬥者，皆陣列在前。」

刀印往下一揮，就把妖魔砍斷了。凌厲的氣勢蔓延開來，形成清冽的靈氣包圍妖魔，剎那就爆裂了。

妖氣瞬間被淨化，吹起了沉穩冰涼的風。

昌浩呼地喘口氣，不疾不徐地轉身跑上階梯。

「哥哥，幻妖呢？」

還有些茫然的成親，被弟弟這麼一問才回過神來。

「啊……昌親在裡面……」

「裡面嗎？」

昌浩趴躂趴躂跑過去，小怪也跟著跑過成親身旁。剛才散發出來的驚人強烈神氣，已經消失殆盡。

成親露出不知道該說什麼的眼神，苦笑地嘆了口氣。

從敞開的木拉門進入對屋，就看到怪獸般的幻妖被釘在地板上。那是昌親的縛魔術，這個哥哥最擅長這類法術。

昌浩在幻妖旁邊單腳蹲下來，張開右手掌對準幻妖。

「所有禍害、罪行、災難……」

他在嘴裡小聲唸誦神咒後再擊掌。

幻妖全身由黑轉白，不久怪獸形體就在空氣中融化消失了。縛魔的五芒發出亮光，倏忽不見了。昌浩和昌親同時鬆了口氣。

念珠的力量被淨化後，克時的部分心靈就得到解放，回到主人身上了。這麼一來，東三条府的西對屋應該就不會再出現幻妖了。

昌浩抬起頭，正要報告這件事時，一個螺鈿盒飛過來卻砸中了昌親的額頭。

「鶴公子！」

「哥哥！」

桂野的慘叫跟昌浩大驚失色的叫聲重疊。

血滴從壓著額頭的手指間滴落下來，昌親卻連叫都沒叫一聲。

鶴公子揮開侍女阻擋的手，大叫說：「沒用的傢伙！竟然讓我遭遇這種危險，無能！快滾出去！」

成親臉上頓時沒了表情。

那個鶴公子竟敢把盒子用力丟向他的弟弟。

「公子，說這種話太失禮了！」

「少囉唆，妳也出去！我要告訴我父親！」

還不停鬼吼鬼叫的鶴公子，頭上突然被咚地敲了一拳。

小怪張大嘴巴說不出話來。

想都想不到會發生這種事的九歲小孩，茫然地按著頭，抬頭看著怒氣沖沖站在旁邊的昌浩。

昌浩的眼睛發直，張開緊握的右拳，抓住鶴公子的右手。

「你剛才做了什麼？」咬牙切齒的低沉聲音，把小孩子嚇得縮起了身體。

「你、你要幹什麼，不得無禮，快放開我！」

昌浩彷彿聽到大腦某處有什麼斷裂的尖銳聲響，他抓著企圖甩開他的鶴公子，發出更低沉的怒罵聲：「住口！我問你剛才做了什麼？」

小怪悄悄向後退，看看成親和昌親兄弟，他們兩人似乎也說不出話來，成了旁觀者。

昌浩狠狠地瞪著鶴公子說：「被硬盒子砸到很痛耶，不可以做會讓人家不高興的事，你為什麼連這麼理所當然的事都不懂呢？這種時候應該說什麼？」

「少、少囉唆、少囉唆……」

鶴公子完全被昌浩的氣勢壓倒，聲音越來越小，昌浩還是不放開他的手。

「哥哥們保護你，擊退了妖魔，這種時候你該說什麼？這麼任性亂罵人有禮貌嗎？你說話啊！」

「唔……」

昌浩的眼神更兇了。

「有人幫你做什麼就該說謝謝，做錯了事就該說對不起！怎麼可以傷了人也滿不在乎！別人這麼對你，你也會痛吧？要不要我讓你試試同樣的感覺?!」

現場鴉雀無聲。

昌浩的怒罵餘音消失時，小孩像突然清醒般，抽抽噎噎哭了起來。

「對……」

大顆淚珠從嚇得發白的臉上滑落下來。

「對……對不起！」

「很好！」昌浩一鬆手，鶴公子就當場癱坐了下來。

所有人啞然無言，昌浩憤怒的心情還難以平復。

小怪用前腳靈活地搔著頭。「啊……」

剛才來東三条府前，昌浩顯得很生氣。他難得氣成那樣，小怪本來以為他氣的是那個和尚，原來並不是。

他氣的是太過任性妄為，傷了人也不覺得怎麼樣的鶴公子的所作所為。

「呃，這位侍女……」昌親平靜的叫喚聲，打破了短時間的沉默。

全身僵硬的桂野跳了起來。「是、是！」

「可不可以幫我準備什麼止血的布？」昌親的額頭還不停淌著鮮血。

這時候才響起兩個人的尖叫聲。

「哇，哥哥！」

「快止血啊！」

往後退一步看著這一切的小怪，瞄了一眼還在哭的鶴公子。

「唉，真是自作自受。」

安倍三兄弟把攪得天翻地覆的對屋整理乾淨，向道長報告了結局。離開東三条府

時，已經將近黎明，天色開始泛白了。

「順利降伏那隻幻妖了，這類妖魔應該是專挑家世顯赫的小孩攻擊。」

聽完成親的報告，道長鬆了一口氣。

鶴公子哭累已經睡著了，侍女陪著他。

壓抑不住怒氣打了左大臣家嫡子的昌浩，在激情過後臉色發白，正襟危坐地向道長俯首認罪，表明願意接受任何處罰。但是道長已經聽桂野說過事情的來龍去脈，反過來道歉說：「真對不起，是鶴不對，昌浩，你不必這麼多禮。」

「可是……！」昌浩不肯抬起頭。

道長搖搖頭說：「是鶴不對，傷了昌親卻不肯道歉，所以你才罵他，不是嗎？」

「恕我直言，的確是這樣。」

「如果他有錯，我們也同罪。」

坐在昌浩左、右兩側的哥哥們，也你一言、我一語越說越激動。

道長嗯嗯地點著頭，喟然而嘆。

「他的確是有些任性……可能是我的注意力都在女兒身上，冷落了他吧。」

「有些？」小怪懷疑地嘟囔著，其他三人心中當然也都是閃過同樣的想法。

最後，昌浩沒被懲處，道長還說他做得很好，稍後會好好教訓鶴。三人就此離開了東三条府。

走在回安倍家的路上，成親看著弟弟的額頭說：「你還好吧？」

「我沒事，額頭的傷口流了不少血，但是砸得並不深，倒是他……」

昌親看著走在稍前方的三男。

小怪坐在昌浩肩上，兩人說著些什麼，但是昌親他們聽不見。

「他氣成那樣，連我都被嚇到了，他的個性真的不容許任何錯誤呢。」

昌浩是個從小就會說「謝謝」、「對不起」的孩子，連父母親都讚嘆不已，可見是懂事以來就自己學會了那些禮節。

但是成親搖搖頭說：「不，不是那樣，我知道。」

「咦？」

「在昌浩還不懂事以前，應該是三歲的著袴儀式②前吧……」

初冬的某個非常寒冷的日子。

成親和昌親都已經行過元服之禮，入宮工作了，白天只有祖父、母親和昌浩在家。

那天成親正好因為凶日沒入宮工作，家事忙碌的母親就把弟弟交給他照顧。

昌浩正活潑好動，再怎麼告誡他不行，他還是會調皮搗蛋。疲憊的成親覺得小孩子比一般小鬼更難應付，就把他暫時丟在一旁。昌浩什麼不好玩，偏偏伸手要去抓火盆裡的炭。

「炭燒得紅紅的，看起來不是很漂亮嗎？他可能很想要吧，平常大家又不准他接近火盆，所以他就……」

成親急得跳起來，但他衝得再快也絕對趕不上昌浩的速度。抓到那麼燙的東西，昌浩的手就完了。

千鈞一髮之際，高大的神將出現在昌浩背後。

那是最近幾乎不見蹤影的十二神將騰蛇，他把快摸到炭的小手拉回來，抱起昌浩，與昌浩四目交接。

成親不由得縮起身子，他怕騰蛇。

不知道該怎麼辦的他，看到騰蛇面目兇狠地責罵昌浩。

「跟你說過那麼多次不可以靠近，你為什麼還要靠近！」

成親啞然無言。

從這句話可以聽出，當成親他們出仕或父母無暇顧及昌浩時，騰蛇隨時都在注意昌浩會不會貪玩地把手伸進火盆裡。

「這種時候要說什麼?!」

挨罵的昌浩把臉皺成一團，嗚咽嗚咽哭了起來。

「哭之前要先說什麼?!」

被罵得更兇，昌浩才含糊不清地說了聲對不起。

「很好！」騰蛇把哭泣的昌浩放到地上，看成親一眼就消失了。

成親趕緊把弟弟抱起來——回想起當時，成親露出難以形容的表情。

「我這一生中，最怕的就是那時候的騰蛇。」

「喔……」

昌親第一次聽說關於昌浩的教育故事。

「從那時候開始，昌浩做錯事挨罵就會說對不起，還學會了說謝謝。」

那是懂事之前的事，所以昌浩沒有記憶。而且，從此以後，真的就再也沒有見過騰蛇了。因為是突發狀態，那時候的騰蛇恐怕連母親都看得見吧。騰蛇幾乎沒有壓抑神氣，可見他當時出現得有多匆忙。那個他們都不敢靠近的可怕騰蛇，現在卻……

成親和昌親看著走在前面的弟弟與小怪。

「啊！昌浩，你有話要對我說吧？」

「啊，是、是，對不起！」

昌浩與小怪你來我往互槓的模樣，看得兩人感慨萬千。

所謂「從小看大，三歲看老」，說得太好了。

在途中跟成親、昌親道別的昌浩，回到安倍家時天已經完全亮了。

平常不管多晚都會等昌浩回來的彰子，也已經睡了。

昌浩喘口氣進入自己房間，感嘆地坐了下來。

很想在出仕前打個盹，可是恐怕沒時間了。

「好睏哪！」昌浩打著呵欠，扭扭脖子，這才想起收在懷裡的念珠。

他打算砸碎這串黑色念珠，不過，砸碎前最好還是先向祖父報告。

小怪甩了甩尾巴。「晴明八成又會唸你一頓。」

昌浩瞪一眼幸災樂禍的小怪，不打算回他話。沒辦法，自己不但打了鶴公子，報告時還對左大臣隱瞞了幻妖的真相。當然，他有告訴哥哥們實情。

「你答應過克時不告訴任何人。」

「嗯，不過我還是會把真相告訴爺爺，因為還關係到念珠的主人。」

把念珠送給克時的神秘和尚，撂狠話說和安倍家在某些事上是天敵，他到底是什麼人呢？

小怪偏著頭對思索中的昌浩說：「會不會是左大臣的仇家派來的？那些傢伙的企

圖，每次都被晴明一一擊破。」

昌浩眨了眨眼睛，心想原來是這樣啊！

「那麼，的確是天敵。」

就在這時候，不知從哪飛來了一隻白鳥。

「嚇！」鳥在驚叫的昌浩與瞪大眼睛的小怪面前，變成了一張紙片。

翩然飄落的紙片上，排列著熟悉流暢的字跡。看完內容的昌浩，抽動嘴角、沮喪地垂下了頭。小怪無言地拍拍昌浩虛脫無力的肩膀。

紙上說：「你是想讓我睡不著覺嗎？睡眠不足對老人來說很傷身呢，你還不快點來向我報告！ By晴明」

昌浩把紙揉成一團，丟到地上，張嘴大大嘆了口氣。

「……」

「唉，加油啦，晴明的孫子。」

面對小怪同情的眼神，昌浩低著頭無力地頂回去：「不要趁機叫我孫子！」

重重壓在雙肩上的不知道是肉體、還是精神上的疲憊。

他相信兩者都有，無可奈何地站起來。

幾天後，在陰陽寮被瑣事追著跑的昌浩，抱著捲軸走在渡殿上時，被精神飽滿的聲音叫住。「昌浩！」

他回過頭，看到克時快步走來，氣色非常好，與前幾天判若兩人。

「嗨。」

「喲。」

在昌浩腳下的小怪訝異地偏起頭。

克時停在昌浩前面，看看四周確定沒有人後，壓低聲音說：「不久前，我收到東三条府的鶴公子寫來的信……」

「信？」昌浩反問。

克時點頭稱是。「信上只寫了……前幾天對不起……」

但是，那個任性自我的藤原家公子主動寫信來道歉，還是大快人心。

說完，克時一鞠躬，就回去自己的職場了。

昌浩看著他離去的背影說：「他的腳好像復元了，太好了。」

「是啊！」小怪點點頭，縱身跳上邁出步伐的昌浩肩上。「不過，真沒想到他會道歉呢。」

那個鶴公子。看到昌浩這麼感慨，小怪抿嘴笑了起來。

「我就說嘛。」

「說什麼？」

「不聽話的小孩就要靠體罰讓他記取教訓。」

昌浩眨眨眼睛，思考了一會說：「啊……原來如此。」

他低頭看看自己的右手，恍然大悟似的點了點頭。

小怪的陰陽講座

①正月十五日吃紅豆粥的日子。

②幼兒第一次穿上和服褲裙的儀式，古時多在三歲時舉行。

惹神遭祟

「嘿咻……」

昌浩抱著一大疊超過眼睛高度的書籍，走得小心翼翼，怕書會掉下來。

小怪在他腳下說：「你可以嗎？倒下來就慘啦。」

「我知道，所以前面有人來就告訴我一聲。」

「知道啦。」小怪悠哉地舉起一隻耳朵。

這個小怪大約是大貓或小狗般大小，全身佈滿純白色的毛。長長的耳朵往後撇，脖子周圍有類似勾玉的突起，額頭上有紅花般的圖騰。四肢前端有五根銳利的爪子，看著昌浩的圓滾滾大眼睛是夕陽般的顏色。

「哇哇，糟糕，快倒了……」

「誰教你一次搬完，真懶惰，晴明的孫子。」

「不要叫我孫子，你不過是隻怪物！」

「不要叫我怪物。」

輕聲回答的小怪突然眨了眨眼睛。

「喔？」

就在這時候，昌浩的視野突然變得寬廣，手上書籍的重量也減輕了一半。

「怎麼可能一次搬這麼多！」

昌浩抬頭看這個笑中帶著嘆息的人，眼睛頓時亮了起來。

「哥哥！」

「你要搬去哪兒？我幫你拿。」

「謝謝。」

那是昌浩的二哥昌親。

安倍昌浩有兩個哥哥，兩人都已經結婚搬進對方家裡，所以他們大都是在工作場所才能碰面。

安倍家的男人幾乎都是以陰陽業為目標，因為與生俱來的才能比其他氏族優秀，其中又以他們三人傳承自祖父安倍晴明，能力更是超群。

「上面交代把舊的曆表、紀錄，統統搬到前面的書庫……」

「全部由直丁負責？」

笑容沉穩的昌親，視線忽然轉向前方。昌浩也跟著往前看，看到有個人快步往這裡走來，走得趴躂趴躂震響。

「啊！」在昌浩腳下的小怪叫出聲來。

那人露出爽朗的笑容說：「喲，弟弟們，好久不見了。」

安倍吉昌加的長子安倍成親打完招呼，就快步從昌浩、昌親旁邊經過，走向渡殿盡頭。

「走得好快。」昌浩才這麼喃喃說著，就聽到一串腳步聲。

安倍家的次子、三子回過頭，看到面無血色的曆生們踩著就快起跑的步伐向前進。陰陽寮內禁止跑步，所以他們前進的速度是在「勉強可以辯稱是快走而非跑步」的範圍內。

其中一個曆生發現他們兩人，像遇到了救星般說：「喔，昌親大人、昌浩大人，請問有沒有看到博士？」

他們所說的博士應該是曆表博士。

昌浩被曆生們的氣勢壓倒，無意識地拖著腳步點著頭。

「啊，有看到，他快步往那邊去了……」

因為兩手沒空，只能用臉指示方向。曆生們匆匆謝過他的指示，就快步離開了。

「博士！」

「成親大人，您逃不了的！」

「今天您一定要把堆積的工作做完！」

你一言、我一語說個不停的曆生們，手上握著要給曆表博士安倍成親批示的文件。

看著眾人如怒濤般離去，昌親和昌浩不由得面面相覷。

小怪在他們腳下，半瞇著眼，用前腳靈活地搔著頭說：「那傢伙……那副德行也很像晴明的孫子……」

✦ ✦ ✦

「要找安倍晴明。」憔悴的男人呻吟似的說出了這個名字。

「這種事安倍晴明兩三下就搞定了，找晴明來吧。」

「他是左大臣大人的人，會來嗎？」

剛邁入老年的男性顯得畏畏縮縮，男人瞪他一眼，語氣強硬地說：「陰陽師的工作就是接受我們的委託，大臣大人應該不會制止其他人的委託。」

男人環視慘不忍睹的屋內，又咬著牙說：「這樣下去會完蛋……！」

✦ ✦ ✦

屋內牆邊堆放著一疊書，正翻閱其中一本的昌浩，皺起眉頭嘆口氣說：「我想過了……」

「嗯？」

蜷曲在昌浩身旁的小怪，睜開一隻眼睛、動動一隻耳朵。

「讓祂幫了那麼多忙，禮貌上應該每個月都帶祭品去祭拜祂吧？」

小怪眨眨眼，「啊」的一聲點點頭。「你是說貴船？」

「嗯。」

有時是在不自覺中受到協助，所以，在眾神中，貴船祭神對昌浩來說是特別的存在。這個國家有八百萬尊神明，據說貴船祭神高龗神不但地位崇高，神殿的歷史也非常悠久。

「多了解對方，比較能博得對方的好感吧？」

「……」

他會這麼想，應該是逐漸學會了處世之道吧？但是，小怪又覺得他的論點似乎有點偏差。

眼睛微瞇，用前腳抓著頭的小怪說：「太諂媚也不好，不過，可以當成基本知識來了解吧？反正你看的書也還不夠多。」

「唔……無言以對。」

昌浩就是有這樣的自知之明，所以一有時間就努力讀書。

剛進入春天，不久前他才完成保護左大臣家公子的任務，但也在那時候遇到了來歷不明的和尚。

雖然沒發生什麼大事，但給了他思考的機會。回想起來，自己只顧著追求陰陽道的知識，完全沒有餘力關心其他事。

「我覺得就算學會所有陰陽道，也要徹底了解其中根本道理才行。」

「喔？譬如呢？」

「佛教、密教、還有自古以來的神道。」

「嗯，還有修行、景教。」

聽到陌生的單字，昌浩疑惑地抬起頭。

「那是什麼？」

「我也不清楚，是以前遣唐使帶進來的。晴明應該知道一點吧？」

「沒有爺爺不知道的事嗎？」

「應該有不知道的事，可是因為你不知道，所以說了你也不懂吧。」

好像在玩文字遊戲。

昌浩感嘆地聳聳肩膀時，彰子進來了。

「昌浩，晴明大人找你。」彰子從木拉門的縫隙探頭進來。

昌浩板起臉說：「難道只有我覺得不該把彰子當成傳話人嗎？」

「嗯、嗯。」

小怪也跟昌浩一樣板起了臉，彰子咯咯笑著說：「幹嘛在意這種事呢？昌浩。」

笑容開朗的她，是某大貴族家的千金小姐，因為種種不可告人的苦衷，必須半永久性地寄住在安倍家。

「晴明大人在等你，快去、快去！」

被催促的昌浩，不情願地走出房間。他怎麼樣都無法釋懷，皺起了眉頭。

昌浩出去後，彰子環視屋內，輕輕嘆口氣，捲起了袖子。

「來打掃吧。」

看著從頭開始打掃的彰子，小怪不禁在心中獨白：晴明不該把她當成傳話人，昌浩也不該老讓她打掃房間啊。

不過，允許這種事，還做得興致勃勃的彰子，恐怕是最大的問題所在。

「真是個適應力很強的千金小姐呢。」

她的和藹可親，令人無法想像她原本是要嫁入天皇家的人。

小怪用前腳抓抓頭，瞇起了眼睛。

「她的命運是在哪個部分出了差錯嗎？」

「爺爺，您找我嗎？」

昌浩在門外詢問，裡面有人叫他進來，他便拉開了木門。風還很冷，所以拉下了板窗，室內即使大白天也有些陰暗。

「雖然春天到了，還是很冷呢，希望趕快暖和起來。」

點著燈台的室內，被溫暖的燈光微微照亮著。小時候，他就是靠著燈樣的燈光，坐在祖父膝上聽祖父唸書。

——我還真單純呢。

昌浩這麼感慨著。晴明用捲起的紙張輕敲他的頭說：「坐好，專心聽話。」

「對不起。」

錯在自己，所以昌浩坦然道歉，端正坐姿。

「有件事要辦，幫我把這封信送去給昌親。」

「是人家請爺爺辦的事吧？」

「沒錯，可是我太忙了，昌親應該可以適任，你也去幫忙。」

「是。」

昌浩接過摺得整整齊齊的信，仔細端詳。晴明的字雄健豪逸，很適合拿來當範本。不過，寫得太龍飛鳳舞了，就這點來說，昌親的字比較容易看懂，改天還是請他寫些東西當範本吧。

「好久沒去哥哥家了。」

「因為正月太忙了，你這次可以順便去看看他家的小千金。」

「是。」

小千金是昌親的女兒，去年才剛出生，小到連爬都還不會爬。相當於昌浩的姪女、晴明的曾孫。

「不用找成親大哥嗎？」

晴明蓋上硯台盒的蓋子，挑動眉梢說：「成親自己也很忙啊，參議大人真不該那樣使喚他。」

「還說呢，你前幾天還不是使喚他們三兄弟去保護道長家的長子。」小怪臭著臉從昌浩後面探出頭來。

晴明笑笑說：「依時間、場合、狀況來做安排也很重要啊。」

「我討厭趨炎附勢。」

昌浩苦笑著對滿臉苦澀的小怪說：「小怪，你比較適合朝你自己的路勇往前進。」

小怪的耳朵抖動了一下。

「說得好像我是天涯一匹狼。」

「不是啦！」

昌浩一把抱起小怪，撫摸著它有花般圖騰的額頭，笑了起來。

「我是說，你絕對不會推翻自己決定的事。」

夕陽色的眼睛睜得又圓又大。

「嗯？」

小怪瞄了昌浩一眼。昌浩偏起頭，抓抓小怪白色的頭。

「爺爺，最好馬上去嗎？」

「嗯，發生了棘手的事，你快去吧。」

「是，我這就去。」

昌浩行過禮後，右手抱著小怪，左手拿著信站起來。

「放我下來！」

昌浩抱著揮舞四肢掙扎的小怪，走出了木拉門外。應該是隱形的十二神將六合，幫他輕輕地關上了木拉門。

「小心點，有什麼事就拜託你了。」

晴明交代看不見的六合，只收到回應的氣息。沉默寡言的六合，即使面對晴明也不太開口說話。

二哥昌親住在左京五条附近。那是妻子的家，土地面積比安倍家小很多，但成員只有他們一家三口、妻子的父母和幾個傭人，所以不會太擁擠。

「成親大哥的岳父是參議，房子就大多了。」

「不過也沒安倍家大。」小怪坐在精神奕奕地從將近黃昏的京城西洞院大路往南走的昌浩肩上，舉起右腳說：「安倍家大到不合常理，二十丈的土地寬度相當大呢。」

「好像是，可是我從出生就住在那裡，所以不是很清楚為什麼。」

「啊，說得也是。」

昌浩的腳程算快，所以趕路的話，不要三十分鐘就可以到昌親家了。

好不容易喘著氣到達門前時，小怪突然面有難色地說：「我在外面等。」

「咦？為什麼？哥哥看得見你，其他人又不會發現，進去沒關係吧？」

「呃，不是那種問題。」

小怪困擾地甩甩尾巴，跳到門上。「我在這裡等。」

「小怪？」

「不要叫我小怪，晴明的孫子。」

「不要叫我孫子！」昌浩反射性地頂回去，小怪抿嘴一笑，縮起了身子。看來怎麼樣都說不動它了。

「你真奇怪。」

昌浩滿臉疑惑，但拿它沒辦法，只好鑽過門自己進去。

看著他進去的小怪淡淡地笑了笑。

「還是小心一點比較好，你也不希望小千金嚇得發燒吧？」

昌親比昌浩大一輪，是兄弟裡個性最穩健的一個。

喜歡瑣碎的工作，不管他的話，他可以仰望晴朗的夜空好幾個小時。

他的個性比較適合編寫曆表、觀星，而不是祈禱或降伏惡靈，所以跟吉昌一樣選擇了天文之路。三兄弟中，就屬他最擅長觀看星象圖。

這樣的昌親，畢竟也是生在安倍家，又是晴明的孫子，所以儘管不擅長，還是會降魔除妖，而且實力遠超過其他以陰陽術為志向的氏族。

「人難免有擅長與不擅長的事。」看過祖父寫的信後，昌親費解地偏起頭說：「這件事應該找大哥幫忙而不是我吧？」

「我也這麼想，可是，聽說大哥被工作的大浪淹沒了，暫時沒有時間。」

「啊……說得也是。」

大概是想到了什麼，昌親頗能理解似的點了點頭。

「不過，降伏一般怨靈，我應該還可以吧，而且還有你的幫忙。」

「我那麼有用嗎？」

看到弟弟那麼懷疑自己，昌親微微一笑說：「我覺得你比任何人都值得信賴啊……好了，既然這麼決定了，就趕快動身吧。」

昌親把信摺疊整齊後站起來。

「少納言府邸從幾天前就被魔障騷擾。」

每到夜晚，就會有個半邊臉潰爛流血的女性哈哈大笑，家具還會滿天飛，因而發出不絕於耳的劇烈噪音。

「是不是跟人結仇了？」

跟著站起來的昌浩這麼猜測，二哥思考了一會說：「少納言大人的公子花名在外，大家都知道……由這方面來想，的確不無可能……啊，等我一下。」

「是。」

快到大門時，昌親丟下昌浩又折回去了，才走沒幾步就轉過頭說：「昌浩，你也來吧？我要去跟岳母說一聲，我女兒也在喔。」

「咦？啊，好。」

看到弟弟用力地點頭，昌親慈祥地瞇起了眼睛。

昌親的妻子體弱多病，一個月有三分之一天躺在床上。生下女兒後，這種情形越來越嚴重。

去年出生的女兒，好像已經會認人了，太久沒見到昌浩這個叔叔，怎麼都不給抱。

「我有點難過呢。」昌浩沮喪地嘆息。

昌親苦笑地拍拍他的肩膀說：「你太少來了，常見面的話，她就不會怕你了。」

「喔，出來了、出來了。」

從頭頂傳來這樣的聲音，昌親抬頭一看，是小怪坐在門上。

「騰蛇。」

小怪抿嘴一笑。「喲，好久不見了，吉昌的次子。」

昌親挺直了背脊。「前幾天才見過啊。」

「是嗎？哈，不用介意。」小怪輕盈地跳下馬路，等著兩人跟上來。

「它一直坐在那裡等？」昌親問，昌浩點點頭。

「就是啊，明明可以跟我一起進去，它偏偏要在這麼冷的天氣裡坐在門上等，很奇怪吧？」

看起來有點生氣的昌浩，瞪著小怪的背部。

昌親也看著小怪的背部，低聲說：「原來它刻意不進去啊……」

大概是聽見了，白色尾巴晃了一下。

昌親嘆了口氣。他從小就怕騰蛇，現在還是怕。儘管是這麼嬌小的模樣，只要它在附近，還是會膽顫心驚，有點全身發冷。

「小怪，你不冷嗎？可別感冒了。」

昌浩一把抱起小怪，在它頭上亂抓一通。

「不要老把我當成一般動物嘛！」

「咦，把你當成圍巾，你也會生氣啊。」

「怎麼會不生氣！」

「好難搞的怪物。」

「不要叫我怪物，晴明的孫子！」

「不要叫我孫子，你這隻怪物！」

昌親一個深呼吸後，接近展開舌戰的兩人。

「好了、好了，再吵下去時間都浪費了，快走吧。」

「看吧、看吧，挨罵了。」

「都怪你抱怨個沒完沒了啊，小怪！」

「你才抱怨個沒完沒了呢！」

「你說什麼！」

「昌浩！」

被告誡的昌浩一閉嘴，小怪就得意地甩了甩尾巴。

「看吧、看吧，挨罵啦～」

昌浩無言地把小怪扔了出去。

少納言府邸發生魔障騷擾的事，是在新年剛過沒多久時。

「天黑後會突然變冷，碰到家具就會響起啪嘰聲，皮膚還會發麻。」

昌浩與昌親並肩走在黃昏的京城，昌親做了簡單扼要的說明。
「還有啜泣聲、低語聲……應該就是所謂怨懟的呻吟聲吧。」
「已經二十多天了，這期間都沒告訴任何人也沒求救，一直忍到現在嗎？」
「好像是。」
「連發生這種事都要顧面子。」
昌親和昌浩拚命點著頭，對半瞇起眼睛的小怪表示贊同。
大多時候，在還沒有造成嚴重損害之前先來報告，他們會比較好處理。
一般說來，貴族的自尊心都比山高、比海深。只有地位不同凡響的大貴族，據說會比較灑脫、豁達；或是程度極為普通的貴族階級的人們，有時會不顧形象去抓住僅有的一點權力。
把小怪放在肩上的昌浩仰天長嘆。
「如果因此縮短生命，不是什麼都沒了嗎？」
「你說得沒錯，不過，到了少納言府後，可不能說這種話。」
昌浩對微笑著叮嚀他的哥哥點點頭，轉向小怪說：「小怪，你看到哥哥的小女兒一定會覺得很可愛。只有這麼小，睡得很幸福呢，你幹嘛那麼客氣不進去啊？」
小怪表情複雜地抓了抓脖子一帶。

它知道，睡得很甜的小嬰兒，是天真無邪、不知任何痛苦悲哀的純潔生物。呼呼大睡的嬰兒，它也曾看到不想再看。

「小孩子有時候可以看到異形或妖魔，如果被嚇到大哭怎麼辦？」

「會被誰嚇到？」

「我啊。」

「啊，不會、不會，絕對不會。放心吧，小怪，你看起來一點都不可怕，我敢保證。」昌浩滿不在乎地斷言。

小怪眼睛半張地看著他說：「不是你敢不敢保證的問題吧……」

漫不經心地聽著兩人對話的昌親，溫和地瞇起眼睛說：「……就快到少納言府邸了。」

昌浩和小怪馬上挺直了背脊，那樣子看起來真的很好笑，昌親強忍住了笑。

一鑽過少納言府邸的門，剛才的和樂氣氛就煙消雲散了。

到處充斥著刺骨的靈氣，教人喘不過氣來。

已經接近最糟狀態。

穩健的昌親難得咋了咋舌說：「看樣子，我恐怕應付不了。」

小怪的夕陽色眼睛閃過肅殺的光芒。

「你專心防守，攻擊的事就交給這傢伙。」

「不要叫我這傢伙！」

反射性地扯開嗓門大叫的話語，跟尖叫聲重疊了。

三人慌忙尋找聲音來源。從屋內傳來老女老幼混雜的慘叫聲，靈氣越來越濃烈了。

「有人在嗎？」他們更大聲的叫喚。

好不容易才有個邁入老年的雜役爬出來說：「救、救命啊……」

這時候還吹起了冰冷的強風。

「裡面！」小怪拔腿往前衝，昌浩也隨後跟上。

昌親扶起了雜役。

「我們是安倍家的人，應少納言大人的召喚來的，到底怎麼了……」

雜役用嘎答嘎答發抖的手指抓住昌親的臂膀，樣貌已經嚇得扭曲變形。

「滿、滿臉是血的亡靈，攻擊公子……」

「公子……」

昌親撥開雜役的手，疑惑地問：「是少納言家的靖遠公子嗎？」

他是藤原氏族的年輕人，才十多歲就被允許上殿。

晴明信上說，是少納言本人受到惡靈騷擾，看來並不是。

「請放心，我是專研陰陽術的安倍昌親，剛才衝進去那位是安倍晴明的接班人安倍昌浩。」

聽到晴明的名字，邁入老年的雜役眼中泛起安心的神色。

「那麼、那麼，晴明大人……」

「不用擔心了……應該是……」後半句說得很小聲。

「哇、哇、哇！」

「喲，閃得漂亮，你的反射神經不錯呢！」

感嘆不已的小怪，自己也把頭一偏，輕鬆閃過了狠狠飛過來的燈台。燈台鏘的一聲嵌入了灰泥牆壁裡。

小怪老神在在地看了一眼，自言自語地說：「被砸到會死呢。」

「你們還不跑！」

昌浩邊以毫釐之差躲開接二連三飛過來的憑几、硯台、蒲團，邊向倒在屋內中央的兩個成年男性大喊。他們應該就是少納言和他兒子。夫人和其他傭人們還沒來到這裡，就嚇得臉部扭曲的昏倒在半路上了。

「你們還好吧？」

沒有回話。從他們動也不動的模樣來看，應該是昏厥了。

希望不是死了。如果發生趕到時已經來不及這種事，以後會飽受良心譴責。

颳起狂亂的寒風。

赫然驚見一個女鬼，披著凌亂、飄散、像蛇般扭動的漆黑長髮，露出長長的犬齒，流著血淚。

四目正好與她交接的昌浩，不由得倒抽一口氣楞在原地。背脊掠過一陣寒意，沒來由地感到異常恐懼。

被眼神彷彿具有實際力量的錯覺綑綁住，昌浩無意識地往後退。

「昌浩，不要怕！」被小怪喝斥。

昌浩慌忙反駁說：「誰怕啊！」

他把力量注入丹田，打出刀印。

「嗡阿比拉嗚坎夏拉庫坦！」

放射出來的靈力被反彈回去後，女鬼的模樣變得更嚇人了。

「唔、唔哇……」

「喂、喂，不要怕啊。」

「我才不怕！」

不，不是害怕。硬要說的話，應該是畏懼。警鐘在大腦某處響起，告訴自己這樣不行。

小怪突然瞇起了眼睛。

「這是靈……？」就在小怪這麼喃喃自語時，昌親衝了進來。

「昌浩，你沒事吧！」

才剛進來就倒抽了一口氣的昌親，立刻從懷裡抽出符咒。

「——嗡！」

銳利的氣勢橫掃而過。被放出去的符咒破風前進，在少納言父子頭上化成一道閃光。

光網包圍了少納言和靖遠，女鬼咆哮著伸長了手，但被光網彈開了。

「昌浩，趁現在！」

「是！」

在哥哥催促下，昌浩以雙手結印。

「南無馬庫桑曼答、吧沙啦噹、顯達瑪卡洛夏打、索哈塔亞、嗡塔拉塔、坎漫！」

看到女鬼不甘心地扭曲著臉，昌浩有種說不出的突兀感，皺起了眉頭。

昌浩繼續唸著咒語。

「兵臨鬥者，皆陣列在前！」

從左手做出來的刀鞘拔出刀印後，昌浩往下斜揮。

「萬魔拱服——！」

凌厲的氣勢爆出銀白色光芒。

被法術擊中的女鬼，消失前露出了微笑的唇形。

昌浩和小怪怒火中燒。

「怎麼會搞成這樣……」

「我也這麼想，小怪。」

「好了、好了。」

安撫他們的昌親是個大人，知道什麼話能說什麼話不能說。私底下，他也完全贊同昌浩和小怪。

之後，他們向恢復意識的少納言和靖遠報告經過時，靖遠推開正要開口說話的少納言，不客氣地說：「事情都結束了吧？那麼，我不想看到陰陽師繼續待在這裡，請回吧。」

「靖遠，怎麼可以說這種話！」

父親氣急敗壞，靖遠卻說要去散散心，拋下父親逕自出門了。少納言驚慌失措地說要招待昌浩他們，但是被昌親婉拒，三人就此離開了少納言府邸。

還不到半夜，現在回家還可以好好休息，準備明天出仕。事情的解決快得出乎意料之外，所以受到那樣的無禮待遇，還有度量可以一笑置之。

「我才沒那種度量！」

昌浩一把抱起怒不可遏的小怪，鼓起兩頰說：「真的很氣人，不過……」

他的表情突然變得嚴肅，低聲說：「我總覺得哪裡不對勁。」

「你也是？」

昌浩對比自己高一個頭的哥哥點點頭。

「女鬼消失前好像笑了。」

「而且……」小怪掙脫昌浩的手，移到肩上插嘴說：「那麼強烈的靈力，竟然沒有人發現。」

「什麼意思？」昌浩不解地問。

小怪舉起前腳說：「事情是在晴明接到求救的委託信才曝光的……那麼強烈的怨念，為什麼陰陽寮的陰陽師都沒察覺呢？」

小怪交互看著昌浩、昌親兩兄弟，又補上一句：「你們安倍家的陰陽師也是……連晴明都沒察覺，太奇怪了。」

昌浩敲敲眉頭深鎖的小怪的頭，滿臉凝重地說：「沒錯，儘管他是隻老狐狸、怕麻煩、愛整人，終究是個曠世大陰陽師。」

「……」

理性的昌親以沉默回答弟弟的話，他偏頭往少納言府的方向望去。

「爺爺會指定我來，表示……」

事情的演變，讓人不得不想，爺爺八成認為其中有什麼蹊蹺。長子成親就某些方面來說具有無敵的力量，而看似迷糊的三子其實是最厲害的角色，夾在他們兩人之間的昌親，恐怕是兄弟中想得最多的一個。

「不管怎麼樣，還是先去向爺爺報告事情解決了……」

昌浩與昌親同時停下腳步。

一股寒顫掠過兩人的背脊，頓時，全身寒毛豎立。心臟像被踹了一腳，開始全力奔馳，年紀相差一輪的兩兄弟，被追殺似的拔腿衝了出去。

「少納言家那個靖遠去哪兒了?!」

「應該是去了交往中的某個千金小姐家，可是不知道在哪兒……」

這時候，悠哉到教人抓狂的聲音自空而降。

「喔，孫子跟孫子的哥哥！」

啪沙啪沙掉下來，與疾馳的兩人並肩跑步的無數小身影，是住在京城裡的小鬼群。

「不要叫我孫子——！」昌浩反射性地大叫，在他身旁的昌親被冠上不知道該說什麼的稱呼，也一臉複雜的表情。

一直坐在昌浩肩上的小怪，翩然跳落地面，以動物的輕盈步伐邊跑邊詢問小鬼們。

「跟少納言家的兒子交往的千金小姐住在哪兒，你們知道嗎？」

小鬼們趴躂趴躂跑著，循序互看過彼此的臉。

「知道嗎？」

「少納言有好多個啊。」

「沒有其他特徵嗎？」

昌浩仔細回想。說到特徵，今天是第一次見面，對方又很快就出門了，所以實在沒有什麼可以敘述的記憶。小怪也一樣，低哼著沒說話。

是昌親回答了小鬼們的問題。他不愧是安倍吉昌的次子，從小看慣了小鬼群，所以完全沒有被嚇到。

「年紀大約二十五，有點過瘦，瞇瞇眼往上吊，個性不是很好，在女人眼中卻是個評價還不錯的老實人。靠著藤原的權勢，很早就上殿了，花邊新聞不斷。對了，去年還跟某貴族的夫人傳過緋聞，因此陷入窘境，事情鬧得很大呢。」

昌親停下來喘口氣，看看小鬼們。

「怎麼樣？」

「不愧是孫子的哥哥，說得好清楚！」

昌浩滿臉苦澀，百思不解為什麼會變成「不愧是孫子的哥哥」？不過，那個少納言的兒子，經歷還真豐富呢。

「竟然跟夫人傳出緋聞……」

「這些貴族真是……」昌浩與小怪啞然無言。

小鬼們邊跑邊砰地集體拍手說：「啊，知道了，是月初遇見那個醉鬼吧！」

「既然知道了……」

小鬼們的氛圍突然一百八十度大轉變。

赫然驚覺的小怪迅速從昌浩身旁離開，昌親見狀也反射動作般往後退。

「咦？」

跳躍的小鬼們，全都撲向了瞪大眼睛的昌浩。

「呀呼！」

「哇！」

啪沙啪沙啪沙啪沙。

昌浩整個人向前栽，趴倒在地上。一隻接一隻掉在他身上的小鬼們，開心地哈哈大笑。

「哇哈哈，你隨時都有破綻呢，晴明的孫子！」

「不……不要叫我孫子！」慢慢爬出來的昌浩，瞋目怒視著啞然無言的昌親和悄悄擦拭眼角的小怪。

「哥……哥、小……怪！」

「啊……因為驚嚇過度……」

「唔，一如往常，歷久不變，多麼可憐的傢伙啊……」

「覺得我可憐就通報一聲啊！」

拖著身子爬出來，站起來拍落身上泥土的昌浩，氣得肩膀發抖。

「真是的，你們為什麼老是這樣！」

「啊，前面好像發生什麼事了！」
「啊，最好趕快去！」
「因為跟少納言的兒子交往的千金小姐，就住在那裡！」
「早說啊！」

她動彈不得。
全身僵硬，狼狽地抖著，冷得好像從頭到腳都泡在河水裡。
「啊……啊……」
脫到只剩單衣的女人，抓著剛才穿在身上的衣服，拚命掙扎地想逃走，卻嚇得全身無力一點也前進不了。
在一旁看的靖遠，聽著自己的牙齒無法咬合的顫抖聲。
女鬼猙獰一笑，從血淋淋的嘴巴露出來的牙齒，銳利得就像隨時會撕裂他的喉嚨。
「怎麼會……」
那兩個陰陽師不是說已經把她降伏了？因為聽他們說沒事了，自己才來到了女方家啊。

竟然……

風呼呼吹著。

他知道，那是只在這棟房子裡狂吹的風。這二十多天以來，他都為步步逼向他的女鬼煩惱、恐懼，還以為一切都結束了，沒想到……

「救……救我……」女人邊哭邊向他求救。

吵死人了，我才想求救呢！

就在銳利的爪子快觸及他的喉嚨時，從外面傳來尖銳的叫聲。

「惡鬼降伏！」

相隔一拍後，板窗被炸開，因為外部壓力的關係，飛進了室內。

趕快蹲下來閃過板窗的靖遠，看到一個少年站在沒長草的庭院裡結印。他摘掉了烏紗帽，把頭髮綁在後面。站在他旁邊的是安倍家的陰陽師。

靖遠眼中燃起怒火。「你們……！」

但是，昌浩的嘶吼掩蓋了他的聲音。

「萬魔拱服，急急如律令——！」

咒語化為具體力量，襲向了女鬼。然而，女鬼又抿嘴一笑，驟然消失了。

狂吹不止的風也突然靜止了。

昌親和小怪趕緊跑到趴在外廊上動彈不得的女人身旁。

「妳沒事吧？」

基於禮節不能看到臉，所以昌親搖晃著趴倒的女人的肩膀。

小怪把前腳貼在女人嘴邊說：「還有氣，只是昏過去了。」

昌親鬆了一口氣。

靖遠搖搖晃晃走向昌親，抓住他的胸口說：「喂……你剛才不是說已經降伏她了嗎?!」

小怪甩甩尾巴，緊接著縱身躍起，繞到靖遠背後踹了他一腳。

受到冷不防的衝擊，靖遠完全無法抵擋，身體失去了平衡。

「唔，哇……」

儘管這個貴族對哥哥的態度太過蠻橫，表面上昌浩對他說話還是很客氣，一副很關心他的樣子。

「啊，可能是被剛才那個女鬼的怨氣衝撞到。可不能小看怨靈的意念呢，搞不好會瞬間讓人致死呢。」

說是這麼說，卻偷偷在背後對小怪舉起了大拇指，所以昌浩毫無疑問是老狐狸安倍晴明的孫子。

一般人看不見的小怪，昌浩若無其事地點點頭，環視周遭。
女鬼的氣息完全消失了。
小怪滿腹狐疑地皺起眉頭。
昌浩的法術的確有效，之前是、現在也是，然而，那個靈卻笑了。
彷彿在告訴他們法術無效。
不知昌親是不是也想著同樣的問題，若有所思地看著弟弟。
昌浩則是低頭看著自己的手掌，瞇起了眼睛。
「……」
總覺得哪裡不對勁，是哪裡呢？明明有擊中的反衝力，卻沒什麼實感。
「喂，你們兩個，這次沒問題了吧？」
臉色鐵青的靖遠大肆咆哮，昌親把他的話當耳邊風，鄭重地回答：「很難說……」
「什麼！」
年紀稍長的昌親，繼續以講道理的口吻對臉紅脖子粗的靖遠說：「那個女鬼似乎跟我們想像中不太一樣，請多給我們一些時間，這期間我們會加強防範不讓你受到傷害。」
聽到昌親這樣的話，靖遠忿忿地說：「哼，所以我說要找晴明啊，竟然派你們這些沒用的傢伙來！」

昌親假裝沒聽見，點頭致意，把橫眉豎眼的昌浩的頭強壓下去，然後拖著弟弟離開了現場。

昌浩氣沖沖地向前走，昌親苦笑著說：「昌浩，那種時候不忍耐地強裝平靜，事後會惹來一堆麻煩喔。」

「我知道！知道歸知道，還是很生氣！」

「你還差得遠呢，晴明的孫子。」

「不要叫我孫子！」

昌浩齜牙咧嘴瞪著小怪，小怪卻滿臉認真地想著什麼。

「那個女鬼笑了……」

夕陽色的眼睛往什麼都沒有的空間瞥了一眼。忽然，風動了一下。

《是以女鬼模樣呈現的另一種氣息。》

沒有聲音的聲音傳入耳朵，小怪點了點頭。以這位同袍的個性，會比自己更沉著冷靜地觀察事物。凡事退一步看的眼光，正適合用來斟酌大局。

小怪跳到昌浩肩上，對著昌浩說：「喂，你占卜一下那東西嘛，簡直是個難以理解的靈，總覺得最好在交手前先摸清楚她的底細。」

被指名的昌親面有難色地說：「你是要我靠占卜找出那東西的真面目？」

「沒錯。」

昌親的臉更灰暗了。

「這份工作……我恐怕無法勝任，還是去找爺爺幫忙吧，你們覺得呢？」

小怪舉起一隻耳朵說：「什麼？喂、喂，這是以占卜術不輸給父親而聞名的昌親該說的話嗎？」

「爺爺的能力遠超過父親啊……我多花些時間或許可以做出精確的判斷，但是，總覺得現在不能浪費時間。」

「嗯，我也這麼覺得。」

盯著手看的昌浩點點頭。

「跟平常的妖魔鬼怪不太一樣，法術好像直接穿過，完全無效。這樣下去，女鬼還會再去找靖遠公子。」

小怪長聲嘆息。

「看來我們的想法完全一致呢，那麼，靖遠那裡怎麼辦？丟下他不管，他又會鬼吼鬼叫喔，那個臭小子！」

「我暫時留了式鬼在他身邊，有事的話我們應該會知道，還有……」

昌親把手貼放在脖子上。

「這次可能要請擅長高壓手段的大哥出馬，會比較好。」

「什麼？」

坐在曆表部門的最裡面，面向書籍和文件堆積如山的矮桌，不耐煩地動著筆的安倍成親，看著最小的弟弟，只冒出了這麼一句話。

正襟危坐在他旁邊的昌浩又重說了一次。

「昌親哥哥說，工作結束後希望你能幫個忙。」

「天文生要拜託曆表博士做什麼？最重要的是，這些工作沒做完，我就不能回家，不早點回家就會挨罵。」

「為什麼會堆得這麼多？」昌浩斗膽問了不該問的事。

大哥成親深深嘆口氣說：「剛過完年，當然忙啊！」

「說得也是。」

「偏偏那傢伙感冒，這幾天都躺在床上。」

「咦，是嗎?!情況那麼糟嗎？為什麼不通知我們！」

成親對語氣有點急躁的昌浩搖搖頭說：「沒那麼糟啦，真的只是一般感冒。問題是，她會抱怨說她躺在床上，我卻工作到很晚才回家。」

「喔……」

情況漸漸明朗了。坐在昌浩旁邊的小怪，早已不屑地半瞇起了眼睛。

察覺兩人視線的成親，正經地板起了臉。

「看你們的表情，好像認為那不過是芝麻綠豆小事。不，問題可大了！你們被她瞪看，所謂如坐針氈莫過於此！」

「總之，事情就是這樣，我們已經通知對方，所以請你保護靖遠公子。」

「喂，把我的話聽完啊！」

成親一手握著筆據理力爭，昌浩對他行個禮後站了起來。

總而言之，就是成親的夫人、昌浩的大嫂生病了，雖然不嚴重，但是躺在床上就會焦躁不安，希望丈夫儘可能陪在身旁。成親了解夫人的心情，再忙也不加班，時間一到就走人，所以天天都被曆生們追著跑。

昌親特地要求成親去保護靖遠，有他的理由。

議。

成親本身是不能上殿的官員，官階也低。但是，他的岳父是藤原氏族，並且官居參議。

比起靖遠的父親少納言，成親岳父的參議身分高出許多。靖遠那種人最在意身分，儘管成親的身分比他低，但看在成親岳父的地位上，應該不敢對成親不禮貌。

昌浩丟下還唸唸有詞的成親，和小怪走回自己的職場。快到下班時間了，今天他提早把工作做完，準備下班後就跟二哥一起去向晴明報告。

「他去的時候，彰子會躲起來吧？」

「嗯，昌親很敏感。她應該會躲在你的房間，玄武、天一會陪著她。」

昌浩常想，有人來就要躲起來屏氣凝神，這樣的日子會不會有點不自由呢？希望不久後可以帶她去哪裡散散心。

「等天氣暖和些，就帶她去賞花。」

「喔，是昌親。」

很快把工作做完的昌親，從前面走過來了。

「啊，我正要去你那裡呢。」看到昌浩，昌親笑著說：「我已經取得陰陽博士的許可了，現在就去找爺爺吧。」

「咦，可以嗎？」

弟弟抓著脖子問，昌親轉身說：「少納言好像去向陰陽寮長求救了。」
「哇，濫用權力。」小怪不能苟同地插嘴。
昌親苦笑著說：「活在這個時代，生活不易啊！」

安倍晴明不愧是人們口中的曠世大陰陽師，不知如何辦到的，總能靠千里眼清楚掌握孫子們的行動。
昌親與昌浩難得兩人一起回來，他已經準備好六壬式盤等著他們了。
「六合也跟我說了，女鬼的外形說不定只是偽裝。」
應該已經占卜過了，只有陰陽師才看得懂其中意思的式盤上，呈現出好幾個結果。
昌浩不擅長占卜，所以沉默地把嘴巴抿成了ㄟ字形。小怪看到他那個樣子，嘲笑地戳戳他。昌浩也戳回去，於是展開了局部的沉默之戰。
昌親嚴肅地低喃著：「這……」
呈現出來的是不該發生的事。那麼，就是說那個女鬼並不是怨靈。
晴明沉重地點頭說：「沒錯……那是神放出來的使者靈，類似式鬼。」

昌浩和昌親看完晴明的占卜，匆忙趕到少納言家時，裡面的人說成親已經到了。本以為他是把工作做完才來的，沒想到是中途丟下工作就來了。

成親正陪在靖遠身旁，所以昌親和昌浩就把他丟給成親，去找少納言了。

「這不是一般魔障，最近貴公子做了什麼事？」

少納言大驚失色。「什、什麼什麼事？」

「我們就是問你什麼事啊！」

突然，從裡面吹來冷颼颼的強風，響起靖遠的驚叫聲。

「我去！」

昌浩衝了出去。昌親邊斜眼看著小怪隨後跟上，邊步步逼向驚恐的少納言。

「你會這麼驚恐，就是因為你心裡有數吧？」

少納言張大眼睛，全身無力地癱坐下來。

「啊，都怪他那時做了那種事……！」

昌浩衝進去時，成親已經在靖遠的房間佈下結界，與女鬼全面對峙了。

纏繞在右手上的念珠喀啦作響。

「南無馬庫桑曼達、波坦納……！」

昌浩趕緊制止說：「大哥，不行！不能用退魔術！」

「什麼？」

靖遠在成親背後倒地不動，應該是昏過去了。

女鬼咆哮著。

怨念把木拉門和板窗都撞飛出去了。昌浩被強風吹得站不穩，背部重重摔在廂房的地面上，倒抽了一口氣。

女鬼趁機衝向昌浩，把尖尖的指甲對準屏住呼吸的昌浩。

「昌浩！」

小怪全身冒出火焰鬥氣。

轉眼間就變成了修長的身軀，那是小怪的原形十二神將紅蓮。顏色比夕陽深、還不到肩膀的頭髮披散著，在強風中飄揚。毫無贅肉的結實身軀是褐色的，裝扮卻似佛像。頭上的金箍閃爍著淡淡亮光，金色的眼睛直視著女鬼。

同時，另一個隱形的神將也現身了，用披在肩膀上的深色靈布擊退了女鬼。長及腰部的茶褐色頭髮迎風飄蕩，不太有感情的平靜雙眸是黃褐色，右臉頰有黑痣般的圖騰，他就是十二神將六合。

紅蓮與六合原本都跟隨著安倍晴明，現在聽從他的命令跟在昌浩身旁。

憤怒寫在臉上的紅蓮，對瞬間有些畏怯的女鬼發出了怒吼聲。

「妳休想得逞！」

熊熊燃燒的灼熱火蛇被放射出來，強力扭擺蠕動的火蛇攫住女鬼，化為灼熱的鎖鏈。

女鬼發出掙扎的呻吟聲。燃燒的鎖鏈非但沒有鬆綁，還越來越緊。

抓著六合的手站起來的昌浩，慌忙叫住紅蓮：「笨蛋，不行啊，紅蓮！」

「喂，太遲了。」六合平靜地低喃著。

他說得沒錯，女鬼以憎恨的眼神瞪了昌浩、紅蓮一眼就倏地消失了。

靈氣與灼熱的鬥氣相抵銷，恢復寂靜。

「騰蛇，這樣會被報復吧？」面對六合冷靜的質問，紅蓮懊惱地咋了咋舌。

「可惡！」

低聲嚷嚷後，紅蓮就變回了小怪的模樣。看到它的夕陽色眼睛泛著怒氣，昌浩憂心忡忡地說：「恐怕會有麻煩呢，小怪。」

「不要叫我小怪！」

「那是神的使者吧？你攻擊了它……」

這時候，被丟在一旁的成親強行介入。

「等等，這是怎麼回事？」

昌親也隨後加入了他們。

「大哥，你沒事吧？」

成親板起臉瞪著兩個弟弟。

「快說清楚，我應你們要求特地趕來卻變成這樣，到底怎麼回事？」

過完年沒多久後的某個傍晚，新的一年才剛開始就喝得醉醺醺的靖遠，因為好玩，破壞了六条附近的某座小廟。

「我上前阻止，可是喝得酩酊大醉的靖遠把我推開，踢了那座小廟……」

原本就快倒塌的破舊小廟，被踢後就像受到致命的一擊因此坍崩了。

小歸小，裡面還是有供奉神明，土地面積約六尺四方，所以以前應該有人祭祀。向來不信什麼靈魂鬼怪的靖遠，覺得這座小廟裝神弄鬼，就藉酒裝瘋把小廟給踢毀了。

「這……」

離開少納言府邸，走在回安倍家的路上，成親感嘆到連話都說不出來了。再怎麼樣也不該破壞神明的小廟啊。

「我聽到也是啞口無言，有些事還真要親身遭遇才會相信呢。」

晴明的占卜出現「觸犯神明」的跡象。

難怪怎麼使用退魔術，那個女鬼都沒有反應。因為她是「神」，不是「魔」，退魔術當然無效。

從夜幕已經低垂的京城往北走的昌浩一行人，察覺四周溫度急遽下降，因而停下了腳步。

剛才消失的靈力開始彌漫，接著，不同於那股靈力的東西從地下攀爬上來。

「什、什麼東西？」

像霞霧般窸窸窣窣湧上來的東西，緊緊纏住昌浩的腳踝，把他綑在原地。成親和昌親也一樣，動彈不得。

跳上昌浩肩膀的小怪，惱恨地咋舌說道：「是地靈？」

手忙腳亂急著想掙脫的昌浩，清楚聽見了小怪的低嚷。

「地靈？」

「沒錯，被靖遠踢壞的小廟神明，多少還是有神力，把地底下沉睡的精靈當成了部下使喚。」

「慢、慢著，為什麼這麼做？」

「那當然是……」小怪半瞇起眼睛，靈活地搔著頭說：「為了報復沒禮貌的人類啊。」

頓時語塞的昌浩，突然想一件事。

「……剛才直接發動攻擊的是紅蓮啊。」

小怪望向遠方，假裝沒聽到。

「喂，」把昌浩嚇人的話當成耳邊風，甩著長耳朵的小怪說：「來囉！」

就像呼應小怪的話似的，全身飄散著凍結般的冷氣、扮成女鬼模樣的使者跳了出來。

昌浩瞪大了眼睛。

「唔……！」

儘管對方是神，人類感覺到殺氣還是會想逃、會反擊，那是接近本能的動作，不能怪人類。

「嗡咭哩咭哩吧喳啦温哈塔！」

下意識的真言襲向了女鬼。真言起了效果，女鬼露出憤怒的表情，尖叫起來，聲音大到幾乎震破耳膜。

霞霧般的地靈緩緩擴散開來。女鬼帶著逐漸呈現野獸模樣的地靈，狠狠地把手指向了昌浩。

昌浩倒抽了一口氣。

「……這、這果然是……」

白濛濛的怪獸全撲向了昌浩。

「哇啊啊！」

「昌浩！」

三人份的聲音都叫著同一個名字。

霎時，夜色般的黑暗在昌浩眼前蔓延，灼熱的風打在他臉上。

掃蕩霞霧的靈布前，出現紅蓮的背部。

「快滾，煩死人了！」

紅蓮不耐煩地低聲咒罵，手一揮，火焰鬥氣就驅散了地靈，再撲向女鬼。

「……」

將靈布披回肩上的六合，平靜地說：「你幹嘛火上加油呢？」

「少囉唆！」紅蓮立刻反返吼回去，然後狠狠地瞪著女鬼，陷入膠著狀態。

「神的使者跟陰陽師的式神互瞪，你想哪一邊會贏？」

「騰蛇也是神的眷族呢。」

完全置身事外的成親和昌親兄弟，嘰嘰咕咕交談著。紅蓮與女鬼以淒厲的眼神互瞪著，動也不動。被喚醒的地靈與六合對峙著，因為力量相差懸殊，正在猶豫該不該直接發動攻擊。

昌浩拚命思考著。

以前小怪說過，神會作祟，而且會延續好幾代。神祟比妖怪、幽靈作祟都難纏，會追到天涯海角。

這樣下去，一輩子都會遭神祟，非想辦法解決不可。

「但毫無辦法可想……」

還是個半吊子的自覺，從來沒有如此折磨過他。而且，知道這件事後，恐怕又會被晴明冷嘲熱諷。

「什麼？我不是教過你怎麼應付這種事嗎？你竟然都忘光了。啊，昌浩我那麼費心教你，你卻在緊要關頭什麼也想不起來，爺爺覺得好悲哀，太悲哀了，嗚，淚水忍不住……」

「……為什麼我總覺得他會這麼說，然後裝模作樣地擦拭眼角呢？」

兩眼發直、唸唸有詞的昌浩，聽到銳利的拍手聲。

他赫然移動視線，看到成親挺直背脊，兩手做出拜拜的樣子。在他後面的昌親，把手指按在嘴巴上。

「安撫平息幸魂、奇魂，征服鎮壓和魂、荒魂……！」

地靈的攻擊意念煙消雲散，女鬼的身影也咻地消失了。那麼強烈的靈氣，就在瞬間清空了。

昌浩大大吐了口氣。

「哥哥……」

紅蓮越肩看了成親一眼，就瞇起眼睛無言地變回了小怪的模樣。六合也嘆口氣隱形了。

完全感覺不到怨念、殺氣了。昌浩環顧周遭，鬆了一口氣。

「太好了……」

「還沒結束呢。」

「咦?!」昌浩看著成親滿不在乎的表情，驚訝地問：「你說還沒結束？咦咦?!」

「那還用說嗎，剛才臨時唸誦的祈禱文雖然讓女鬼消失了，但神祟可不是那麼簡單就可以鎮住了。」

昌浩頓時臉色發白，昌親拍拍他的肩膀安慰他說：「我們已經無計可施，但爺爺應該會有辦法。」

「再採取什麼行動，更可能遭神祟。」成親擔心地皺起了眉頭。

小怪嘀嘀咕咕地說：「……選擇明哲保身？」

成親立刻板起臉說：「應該說是分清楚做得到與做不到的事，有勇氣與無謀是兩回事，我們是清楚知道自己的能力。」

小怪還想辯駁，被昌浩一拳擊倒。

「呸！」

「小怪，都怪你發動攻擊惹怒了神，害我遭到神祟，你怎麼可以把氣發在哥哥們身上。」

「哼。」

六合在背後無言地點著頭，小怪明顯落敗。

「哼、哼、哼。」

小怪不能釋懷地嘟囔著，昌浩一把抱起它，憂心忡忡地抬頭望著天。

「就這樣回去，會不會連累所有相關的人呢……」

小怪用含意深遠的眼神抬頭看昌浩，昌浩的樣子看起來真的很擔憂。

「也難怪啦，家裡還有朵綻放的藤花。」

昌浩把這麼低聲說的小怪隨手丟到地上，瞪著它白色的背部說：「還不都怪你！」

「沒辦法，在那種狀況下，我怎能置之不理！」

「謝謝你救了我。」

「哼！」

「但是，這跟那是兩回事，你要怎麼解決？」

「咿咿啞啞。」

無言以對的小怪，不知道在嘴巴裡支支吾吾唸著什麼。昌浩生氣地瞪著它，擺出不准它再反駁的架式。

剛才跟小怪唇槍舌戰的成親噓口氣，彷彿把肺裡的氣全吐光了。仔細看，會發現他的臉頰微微抽動著。

「大哥，你真有膽呢。」

昌親在成親耳邊竊竊私語，成親莫可奈何地眯起了眼睛。

「我可是嚇得全身發冷呢，真不懂昌浩怎麼能那麼自然地跟騰蛇相處。」

小怪的原形是十二神將騰蛇，最強的凶將。即便通天力量被封鎖在異形的外貌下，光待在它旁邊，還是會背脊發涼，像剛才那樣對峙就更不用說了。

「不過，好像跟以前不太一樣了。」

成親訝異地眨了眨眼睛，昌親又點點頭說：「它顧慮到我的小女兒，沒進我家呢。

要是以前，它絕對不會有這樣的顧慮。」

小孩子感覺到凶將的氣息，就會厭惡得大哭。他們的父親和伯父在嬰兒時代是這樣，他們和他們的堂、表兄弟們也都是這樣。害怕騰蛇的情感，就像被打入他們本能中的木樁。

「只要有那傢伙在，騰蛇散發出來的氛圍就是不太一樣。」

成親看著還在生氣的昌浩，還有支支吾吾動著嘴巴的小怪，表情複雜地嘆了口氣。

「總之，事到如今，雖然不願意、很不願意、非常不願意、沒比這更不願意的事、再怎麼樣都不願意！」

「還是要找晴明商量？」

「不願意到極點了，但是沒辦法！」彷彿在對誰宣言似的，昌浩斬釘截鐵地說：

「總比被神祟好……應該是，恐怕是。」

耳朵深處響起晴明說「喔喔，昌浩啊！」的感嘆聲，但那只是幻聽。

儘管這麼努力說服自己，昌浩還是沮喪地垂下了肩膀。

與哥哥們告別後，昌浩急忙趕回安倍家，走向晴明的房間。

「爺爺，我想請教一件事。」

「嗯。」晴明點點頭，將扇子指向北方。

循著扇子望過去的昌浩，眨眨眼，訝異地瞇起了眼睛。

「呃……？」

晴明揮開扇子又闔上。

「聽著，這世上有句格言。」

「啊？」

「以眼還眼，以牙還牙。」

坐在昌浩旁邊的小怪費解地偏頭說：「那是格言嗎？難道只有我覺得不是？」

「哎呀，總之就是以神來對付神。」

昌浩張大了眼睛。

坐鎮北方的神。

理解後，昌浩臉色發白。

「可是，那麼做會不會太……」猶豫不決的聲音越來越微弱，最後消失不見。

晴明猜得出他在想什麼，老神在在地說：「沒辦法，總比人類以自己的想法輕舉妄動，最後演變成『可惡的人類，我會詛咒你不只七代而是世世代代』這樣的結局好。」

「哇，大有可能。」

乾笑的昌浩無力地點點頭，小怪也是。

神通常是個人本位，從遙遠的地方俯瞰人們的狀況和想法。

雖然目標轉移到昌浩身上，靖遠今後也不見得會沒事。扯上關係的哥哥們也一樣，還可能禍及家人，所以沒有時間再猶豫了。

昌浩無奈地垂下肩膀。

「沒錯，高淤神的地位一定高過某神，可以居中協調。」

「祂可是從高天原來到人世的天津神呢。」

祖父點著頭說，昌浩向他行個禮，臉色沉重地站起來。

「那麼，我去了……」

搖搖晃晃走出去的昌浩，背部大大寫著「我不想去啊」。

晴明用闔起來的扇子敲敲肩膀，哎呀、哎呀地苦笑起來。

✕ ✕ ✕

「呵，又發生了有趣的事呢。」

與嘴角微微浮現的笑意正好相反，貴船祭神高龗神的眼眸閃爍著冷漠的光芒。不只昌浩，連小怪、隱形同行的六合，都清楚感覺到這句話的弦外之音，那就是「我高淤幹嘛為你們這群笨蛋勞心勞力啊」。

但是，總不能就這樣打退堂鼓，昌浩把帶來的酒供奉在船形岩上，請求高龗神平息某神的怒氣了。

貴船祭神沉默了一會兒，莊嚴地說：「我會考慮，但不要太期待。」

昌浩沒有大膽到敢再次要求。神是會作祟的，最好盡量避免惹神生氣的言行。更何況，他還欠高龗神人情，不能得寸進尺。

今天早上，彰子說他看起來不太有精神，顯得很擔心。他實在不想讓彰子擔心，所以要讓自己振作一點才行。

陰曆正月下旬的陰陽寮，忙得剛剛好。

昌浩邊抄寫文件，邊瞄著旁邊的小怪說：「小怪，我在想……」

「嗯？」看著昌浩手邊工作的小怪抬起頭。

為了不讓周圍的人聽見，昌浩壓低聲音說：「那之後就沒再聽說女鬼或靖遠的事，應該是高淤神幫我解決了，這樣的話，最好送什麼供品去當謝禮吧？」

「也對。」

昌浩臉上浮現難色。

「可是，我買第一瓶酒時就把錢花光啦！」昌浩哈哈乾笑著。

「你的薪水太少了，其他只有行成給你的賞賜，你又買了一堆東西。」

「嗯，那些都是必要的東西，沒關係……」

昌浩把毛筆靠在硯台上，嘆了口氣。

「東西不夠水準反而更失禮，祂畢竟是這個國家名列前五名、歷史悠久的龍神啊。」

忽然聽到趴躂趴躂的腳步聲。

抬頭一看，成親正快步從他們旁邊經過。

「哥哥。」

「喔，昌浩，那之後怎麼樣了？我趕時間，再說了。」

幾個曆生抱著成堆的捲軸，跟在疾風般遠去的成親後面趴躂趴躂地追著。正好經過的昌親輕聲告誡說：「趕時間也不能在外廊或渡殿跑步啊。」

「是，對不起。啊，博士！失禮了！」

目送曆生們快步從旁邊離去後，昌親回頭對昌浩和小怪說：「我後來接到爺爺的信，信上說事情都解決了，不用擔心，看來真的沒事了。」

「嗯，總算解決了。」

最後含在嘴裡沒說出來的「應該是吧」，只有小怪聽見。

小怪半瞇起了眼睛。

既然晴明如此斷言，應該是真的解決了吧？

「晴明那傢伙八成做了什麼……」

那個晴明絕不可能冷眼旁觀。沒錯，以他的個性，絕不會在事情可能危害昌浩時靜觀其變，要不然十二神將就不會這麼辛苦了。

「聽說靖遠那裡也從此沒再出現過魔障了，少納言大人也安心了。」

還有，聽說向來不正經喜歡玩女人的靖遠，也像變了一個人似的，正經了起來。現在不再拈花惹草，過著規律的生活。

「人遇到那種事，很可能會改變吧。對了……」昌親突然想起來似的，偏著頭說：

「我們家種了藤花嗎？」

「咦？」

昌浩驚訝地反問，昌親又坦然地接著說：「之前聽騰蛇說藤花綻放，我一直在想是什麼時候種了藤花呢？等花開季節就去看看……」

「唔……！」

昌浩和小怪頓時全身緊繃。藤花是暗指彰子，因為左大臣道長和晴明交代過不能在公開場合提到她的名字，所以才這麼叫她。

「不過現在開花還真不是季節呢。」

對了，這個哥哥笑起來傻憨憨的，其實精明得很。

就在兩人不知所措時，昌親跟著來找他的同僚一起回天文部門了。

僵硬了好一會的昌浩，看著小怪額頭上的圖騰說：「小怪，都怪你失言……」

「真沒面子。」實在沒話可以反駁，所以小怪坦承是自己的失誤。

真是的，不小心點，好不容易度過正月那場騷動的辛苦就全都白費了。

昌浩又開始抄寫，邊小聲唸著：「還是得去致謝才行。」

「嗯。」

小怪和昌浩都皺起眉頭時，聽到耳熟的翅膀拍振聲。

他們驚訝地環視周遭，看到一隻白鳥翩然飛落，停在矮桌上，瞬間變成了一張紙。

漂亮的字躍然紙上。

「噗……噗噗……噗噗噗……」

看完後，昌浩發出低沉的笑聲，小怪用前腳抓著頭。

「唉……」

紙上說：「全心感謝神，是基本中的基本道理。昌浩，你卻煩惱該不該這麼做，啊，爺爺痛心地想，難道是自己的教育方針出了問題嗎？為了回報那位神的溫情，你今後也要更加努力修行。By晴明」

種種感情錯綜複雜，胸口颳起狂風暴雨。

小怪聽著昌浩低沉的笑聲，感嘆地眨了眨眼睛。

倘若這裡不是工作的地方，昌浩會毫不猶豫地把紙揉成一團，大吼大叫。

「可惡！等著瞧，臭老頭——！」

尖銳的嘶吼聲彷彿在耳邊響起，小怪看看強裝平靜的昌浩，忍不住想長吁短嘆似的甩了甩尾巴。

再也壓抑不住的昌浩，把紙張揉到不能再揉，以可怕的聲音低嚷著。

「……混帳……！」

總有一天、總有一天，我會贏過你！

再次下定決心的昌浩，目前還是得做他的雜役工作。

理由無人知曉

昌浩把手放在炭火熊熊燃燒的火盆上，溫熱變得冰冷的手指。

春天了，天氣還是很冷，尤其是最近，幾乎冷到起不了床。

「希望花早一點開。」

帶著嘆息這麼低喃的昌浩，用力把在旁邊縮成一團的小怪拉過來。

「喂！」

午覺被打攪的小怪半瞇起了眼睛，昌浩不理它，抱著它取暖。

「小怪，你真的好暖和，好羨慕你這一身毛。」

「是誰說夏天很熱，叫我不要靠近啊？」小怪橫眉豎眼地說。

昌浩抓抓它的頭，大笑起來。「哈哈哈，那時候是那時候，這時候是這時候。」

今天是凶日，所以昌浩窩在家裡沒出門。

昨天，左大臣道長召喚他去，賜給他獎賞，說是感謝他在正月時救了鶴公子的謝禮。

那位鶴公子躲在後面偷看三名陰陽師，視線與昌浩交接時又慌忙縮了回去。好像很怕昌浩。

在那個事件之中打了鶴公子的昌浩，很猶豫自己該不該收下獎賞，大哥成親開導他說：「當成是勞動的報酬就行了，陰陽師也是出賣氣力、體力、靈力的工作。」

原來如此，說得一點都沒錯，昌浩非常認同，開心地收下了獎賞。

空空的口袋總算飽滿了，所以現在的昌浩心情非常好。他興奮地期待著，等凶日過後就去市場補些貨回來。

鶴公子的目中無人，讓昌浩看得啞口無言，最後忍不住激動起來。他深深感覺到，教育真的很重要。雖然不知道會是什麼時候，但年僅十四歲的他，不禁發誓自己結婚生子時，一定會嚴格教育小孩。

不管是什麼時候。

「啊，對了。」

「嗯？」

小怪抬起頭來，昌浩眼睛閃閃發亮地說：「用收到的獎賞，買東西給哥哥的孩子們吧。」

「展現你身為叔叔的威嚴嗎？」

「不是那樣啦……」

只是因為元服後，他忙得幾乎沒有時間去看他們。正月去拜年時，被成親的孩子們抱怨了一頓。

「只要他們開心，就值得去做吧？而且，我能做的事也有限。」

除了陰陽寮的工作外，昌浩還有很多事要忙。不盡量趁有空時露個臉，可愛的侄子、姪女說不定會不喜歡他。

他可不希望變成那樣。

安倍昌浩的二哥，也就是安倍吉昌的次子昌親，是個溫和、善解人意、待人親切的男人。

去年夏天他有了第一個女兒。最近這孩子剛剛學會爬行，所以工作結束後他總是儘可能不去其他地方，直接趕回家。

他的妻子小他一歲，看起來弱不禁風。因為身體不好，結婚時就沒打算生小孩。知道懷孕時，他被迫在妻子與孩子之間做選擇，苦惱了很久。

向來唯唯諾諾的妻子，堅持要把孩子生下來，昌親只好折服。孩子出生前，他天天提心弔膽，孩子出生時，也因為過度操心變得很憔悴。

邊回想以前的事，邊看著在懷裡熟睡的女兒，昌浩覺得很欣慰。

可能是放在膝上時，太溫暖就睡著了。這孩子入睡時、醒來時幾乎都不吵不鬧，是個很體貼父母的乖孩子，省了他們不少麻煩。

哥哥成親說，家中老二經常大吵大鬧，非常難纏，所以稱讚他女兒不吵不鬧是個很孝順的孩子。哥哥還說三女和長子也經常夜裡哭鬧。聽到他這麼說，昌親就想起老大剛出生時，常常看到他睡眠不足搖搖晃晃的樣子。

「相公，晚餐準備好了。」妻子悄悄地現身。

因為擔心體弱多病、被說活不過二十歲的女兒，父母特地去求晴明幫她做延長生命的法術，兩人就這樣認識了。

昌親把睡著的女兒輕輕放在床鋪上，蓋上厚厚的衣服。

為了怕她醒來時會有危險，兩人先把旁邊的東西收拾好才離開房間。

因為是傍晚，天還亮著。暮色漸深的天空紅通通的一片，傾斜的陽光照入室內。

房子除了正屋和對屋之外，還有庭院和倉庫。水池雖小，還是可以感受到四季的更迭。

剛進入春天的庭院，只有葉子凋落的樹木和枯草。

有個黑影在院子裡徘徊。

無聲無息，滑行般向前移動，緊靠在小千金睡覺的房間的板窗上。

響起拆除板窗的嘎答嘎答聲。

還未滿兩歲的小千金，猛然張開眼睛看著板窗。

兩片式板窗的上半部，發出微弱聲響被掀開了，從縫隙出現全身硬毛的東西。

小千金瞪大了眼睛。

被推開的板窗應聲彎折，發出嘎吱嘎吱的聲音，懸掛在半空中搖晃著。

那東西企圖闖入。

看了好一會兒的小千金，倒吸一口氣後大哭起來，是那種跟平常完全不一樣，類似抽搐、顫抖的聲音。

被突發的哭聲嚇到，昌親慌忙衝到房間。

察覺有人來的異形，很快離開板窗，從庭院逃出去了。

「梓，怎麼了?!」

躺在床鋪上的小女孩，像著了火般又哭又叫。

晚一步趕來的母親，抱起她安撫了好一會，她才平靜下來。

這時候，昌親仔細巡視室內，發現有黑絲繩般的東西掉落在板窗附近。

「這是什麼……？」

板窗接縫處夾著好幾根那樣的東西。

他趕緊繞到外面，看到地上也有同樣的東西。摸起來的感覺，不像是絲繩。

昌親雖是安倍家的人，但靈視力並不強。不過，還可以判斷出那是異形留下來的東西。

「這……」

似乎是散發著妖氣的黑色體毛。

度過兩天凶日的昌浩，到陰陽寮工作，像平常一樣做著雜務。快二月了，下個月就會冊封藤壺女御為中宮。在重大活動前，瑣碎的工作就會增加。又剛過完年，寮內本來就很忙。

能做的事要儘可能先做完，要不然有突發事件時，就會來不及因應。

正在做臨時被交代的事時，經過的藤原敏次叫住了他。

「昌浩。」

「什麼事？」

昌浩停下工作，整個人向後轉，發現在他腳下的小怪，正半瞇起眼睛瞪著敏次，他立刻不露聲色地移動腳，輕輕踩住小怪的尾巴。

「唔，昌浩，你幹什麼？難道你以為我會不講道理亂發脾氣，把敏次踢倒、踢飛或踢出去嗎？我再怎麼樣也不會做那種事。」

因為小怪有過將敏次踢倒、踢飛、踢出去的前科，所以昌浩防備它再犯，但是聽它那麼說好像也有道理，就抽回了腳。

小怪大模大樣走到敏次旁邊，在他周圍骨碌骨碌地繞著。

「表情還是那麼正經八百，你呀，幹嘛每次來找昌浩都把額頭皺成那麼多條皺紋呢，沒什麼大事的話，就不能讓表情柔和一點嗎？」

「像我這樣嗎？」

「對、對，像你這樣……」說到這裡，坐在地上舉起前腳絮絮叨叨說個不停的小怪，把頭轉向後面。

曆表博士安倍成親正站在敏次後面。

訝異地皺起眉頭的敏次，回過頭對成親說：「成親大人，您剛才說什麼？」

昌浩和小怪默默看著事情會怎麼發展，結果成親哈哈大笑說：「啊，我是說我得好好謝你，你這麼忙，我還拜託你帶我來找昌浩。」

敏次是陰陽生，所以除了工作之外，還要努力讀書。

「千萬別這麼說，我只是做我該做的事。昌浩，你的工作做完了嗎？那麼，跟成親大人談完事後，請下單訂購紙張。」

「是，我知道了。」

昌浩點點頭。敏次向成親行個禮，就回去做自己的事了。
目送他的背影離去後，昌浩不解地問：「哥哥，你不用拜託敏次，也知道我在哪裡吧？」
「搜索騰蛇的氣息就找得到你，可是，找人帶路比較不費時吧？而且，我也不想把陰陽部門當成自己的地盤似的，橫衝直撞到處找你。」
「還敢說呢，明明每次、每次都大大方方地在這裡走來走去。」小怪顯得頗不以為然。
成親一臉正經地對它說：「是沒錯啦！可是我畢竟是帶領曆表部門的人，多少還是要有點威嚴。」
這時候從渡殿傳來叫喊聲。
「博士！原來你在這裡！」
看到好幾名曆生趴躂趴躂往這裡跑來，昌浩和小怪無言地看著成親。
當事人有點尷尬地望著遠方。
「對了，哥哥，你找我什麼事？」
昌浩話鋒一轉，成親就開心地接話說：「對了、對了，下班後你跟我去昌親那裡。」

「啊？」

「昌親那裡？你是說五條的宅院？」

為了少納言家鬧鬼的事，他們不久前才去過。

成親對他們兩人點點頭，露出凝重的表情說：「我有點不祥的預感，小鬼們還向我報告了奇妙的事。」

成親當然有靈視能力，次子昌親也有，其中又以三子昌浩的能力最強。

成親在懂事前就跟小鬼們交了朋友，所以比昌浩更熟、更能融入它們。

他總是把闖入家裡大大方方睡起午覺的小鬼們隨手拈出去，再開始做帶回來的雜務。不過，夫人似乎不太高興他把工作帶回來做。那麼，留在陰陽寮加班不就好了？不，回去得太晚，夫人也會鬧脾氣。成親埋怨地說女人很難應付，臉上卻帶著笑容，所以夫妻之間應該沒有什麼危機。

「小鬼們會闖入哥哥家裡面？」

安倍家有晴明的結界，所以不會發生那種事。昌浩有點疑惑，讓它們進去好嗎？

「它們闖入也不會做出太失禮的事，該遵守的仁義道德，它們都會遵守，因為它們也不想被降伏。」

「這件事先擺一旁。」

看到小怪做出把什麼東西往旁邊放的動作，成親驚訝得目瞪口呆。他非常清楚小怪的真面目，實在很難把那樣的真面目跟這種搞怪的動作連想在一起。

曆生們趕到了嘴巴嘟嘟囔囔好像有什麼話要說的成親身旁。

「博士，還沒到下班時間。」

「請做下個月曆表的最後確認。」

順便提一下，把完成的曆表抄成許多份，分送到各省廳，就是直丁昌浩的工作。

昌浩想起的確還沒收到下個月的曆表。

成親百般不情願地轉過身說：「下班後我來接你。」

目送手在背後輕輕揮動的成親離去後，昌浩與小怪面面相覷。

「小鬼們到底跟他說了些什麼？」

下班時間過了好一會兒，成親才拖著疲憊的步伐來找昌浩。

「哥哥，你好像很累呢。」

安倍家的大哥浮現無奈的笑容，聳聳肩說：「沒什麼啦，只是以疾如雷電的速度把所有工作都做完了。」

原來是這樣啊，昌浩由衷感到佩服，在他肩上的小怪插嘴說：「應該說是被工作追著跑，不得不匆匆做完吧？」

「也可以這麼說啦。」成親坦然回答，轉向啞口無言的昌浩說：「走吧。」

在成親催促下，昌浩和小怪一路走向昌親家。

兩人一隻從朱雀大路直直往南走。

大概是顧慮到成親，小怪跟在昌浩腳邊搖搖晃晃地走著。

昌浩一把抓起這樣的小怪，纏繞在自己肩上。

「喂……」

小怪半瞇起眼睛低聲抗議。看著這一幕的成親，滿臉緊張地想說些什麼，但是看到昌浩完全不在意的樣子就作罷了。

「小鬼們今天早上闖入外廊，興致勃勃地跟我說了一些事。」

——你知道嗎？在吉野那邊，有對母子被妖怪吃了。

——聽說小孩還沒斷奶呢，好小喔。

——我們不是都見過你們小的時候嗎？所以就想起了你們。

說的都是些無關緊要的事，但我總覺得不對勁。

成親說自己昨晚剛好作了一個夢。

有個小孩，站在全身都是黑色硬毛的怪物前面。怪物緩緩伸出了手，就快要抓到小孩時，不知道為什麼突然把手縮回去就不見了。

「那是……？」昌浩不解地問。

表情正經起來的成親說：「我覺得是昌親家的小千金，所以有點擔心。」

原本今天想去確認小千金好不好，沒想到昌親難得缺勤，而且沒有預先通知。幾天前在陰陽寮碰到他時，他看起來氣色不錯，後來也沒聽說他身體不好。

「如果是家裡有人怎麼樣了，應該也會通知陰陽寮。父親也很擔心，所以我想去看看怎麼回事。」

他們的父親安倍吉昌是天文博士。昌親是天文生，在陰陽寮的位置最接近父親。

昌浩擔心地皺起了眉頭。

「哥哥到底怎麼了……」就在他喃喃自語時，腦裡突然閃過一個畫面。

——黑影走向板窗。

昌浩瞪大眼睛、背脊發涼，全身寒毛豎立、心臟狂跳起來。

成親慢昌浩一步，也感覺到出了什麼事。

兩人臉色發白，同時向前衝刺。

在昌浩肩上努力保持平衡不要被摔下來的小怪，緊張地問：「怎麼了？」

「有來歷不明的東西攻擊了哥哥家……！」

板窗嘎噠嘎噠發出哀鳴聲。

被母親抱在懷裡的小女兒放聲大哭，昌親擋在兩人前面，結手印嚴陣以待。

「真糟糕，我不擅長降伏妖魔……」

他瞥了後面一眼，看到膽小的妻子正全力守護著孩子。父母和傭人們都躲到主屋最裡面了。

最近，這隻怪物每到這個時刻就會出現。怎麼想，目標都是年幼的女兒。

每次都躲在板窗後面，所以還沒看過它的長相。其實看到長相也不見得能怎麼樣，所以昌親把所有心力都投注在防禦上。

但是，他本來就不擅長驅魔降妖這種主動性的攻擊。跟陰陽寮其他天文生相比，他的能力算是出類拔萃，但是在安倍家只是中等中的中等。他知道好幾個能力比自己優秀的陰陽師，所以不想把時間花在自己不擅長的地方，努力朝適合自己的方向邁進。

這些日子，他都是佈防禦用的結界熬過怪物的攻擊，但是，今天怪物就是不肯離開。那個板窗是界線。連日以來，已經消耗不少靈力，再這樣耗下去，結界很可能被突破。

「今天早上本來想去找哥哥和昌浩幫忙，但是……」

早上準備出仕時，精神上再也承受不了打擊的妻子終於病倒，他不能丟下妻子不管，只好臨時缺勤。他想稍後再派人去安倍家，那麼，昌浩接到通知就會趕來了。

這個最小的弟弟，擁有安倍家最強的靈力，恐怕只有曠世大陰陽師安倍晴明勝得過他。不過，他本人不太有這樣的自覺。

想起擁有冠世之才的弟弟神采奕奕的笑容，昌親不由得微笑起來。

那孩子很疼自己的小女兒。

黑影怪物好幾次用身體衝撞板窗，保護膜霹唏發出破裂聲，昌親緊張地咬住嘴唇。

來了！

「吱吱吱！」刺耳的尖銳狂嗥聲震天價響。

從破裂的板窗縫隙，看到長滿硬毛的臉。

看起來像人類。體毛濃密、厚唇外翻、齜牙咧嘴。黑色的小小雙眼閃爍著銳利的光芒，凝視著昌親背後。

各有五根手指頭的雙手，抓住破裂的板窗向左右扯開。把毀壞的板窗殘骸拋出去後，怪物猙獰地笑了起來。

笑得跟人類一樣。
闖入屋內的怪物非常龐大，不彎下腰就會撞到橫樑，大概比昌親大上一倍。
他看過類似的動物。
「猿猴……?!」
但是，他沒聽過這種身軀一丈高，還會攻擊人類、嬰兒的猿猴。
而且，一般猿猴不可能有這麼大的妖力。
怪物的眼睛直視著昌親的小女兒。

來到宅院旁，小怪突然從昌浩肩膀跳下來。
「小怪？」
昌浩停下腳步，小怪面有難色地對他說：「我……不能進去。」
「你在說什麼啊，那裡正……」
昌浩赫然回頭望向宅院。
門就在幾丈遠的地方。土地面積不是很大，周圍環繞著不怎麼高的木牆。
可以感覺到，裡面飄蕩著強烈的妖氣。

「我先進去！」

同時停下腳步的成親邁開步伐，推開門衝進屋內。昌浩邊望著這樣的大哥，邊吊起眉梢說：「不要說傻話了，走吧！」

「你自己去吧，把怪物趕出來，我再抓住它。」

我絕不進去。

不懂小怪為什麼這麼堅持的昌浩，陰沉地瞇起眼睛說：「好吧，隨便你。」

沒好氣地撂下這句話，昌浩就拋下小怪去追成親了。

小怪慢慢走到宅院前，以苦悶的眼神望向宅院內。

「這裡有小嬰兒啊……」

所以自己不能進去。

「昌親！」

叫聲震耳。

拚命唸著驅魔咒文的昌親，驚訝地轉移視線。

比誰都值得依賴的兩人映入眼簾。

衝過來的昌浩看到正要撲向二哥的怪物，立刻結起手印。

「兵臨鬥者，皆陣列在前！」

隨著怒吼揮出刀印，被放射出來的靈擊波動襲向了怪物。

怪物受到衝擊，身體彎曲成く字形，被拋向了後方。這時，昌浩又擺出陣勢準備發動第二波攻擊。

「嗡阿比拉嗚坎……！」

但是，怪物發現阻礙者的介入對自己極為不利，立刻翻身跳向庭院。瞬間就不見了蹤影。

正要追上去的昌浩，聽到尖銳的叫聲。

那是小怪的聲音，隨即爆出火焰的鬥氣。

慘叫聲響起，而且拖著長長的尾音逐漸遠去。

「小怪沒抓到……？」

昌浩由屋外的動靜做出這樣的判斷，嘆了一口氣。

那個怪物體積龐大，行動卻很敏捷。難道是躲過小怪的攻擊，逃到哪兒去了？

「沒有受傷吧？」成親蹲下來問。

昌親點點頭，然後看著兄弟們的腳，困擾地笑著說：「你們趕來救我，我是不該這

麼說……可是，能不能請你們不要穿著鞋子進來？」

成親和昌浩看看自己的腳，「啊」地張大了眼睛。

趕緊脫下鞋子的成親，皺起眉頭反駁：「情況這麼緊急，哪有時間注意這種事啊！」

「嗯，所以下次記得脫就好。」

「會的。」成親很有誠意地點點頭。

昌浩抱著脫下來的鞋，悄悄看了一下小姪女。

被二嫂抱在懷裡的小姪女，害怕地緊閉著眼睛。

不過，看樣子是沒有受傷。

「昌浩、大哥，你們怎麼會來？」二嫂虛弱地問。

成親回她說：「因為昌親無故缺勤，父親很擔心，還有陰陽師的直覺。」

「這樣啊！」她嘆口氣，突然虛脫地閉上眼睛，身體往後仰倒。

昌親慌忙接住她，發現她已經昏過去了，趕緊摸摸她的額頭，竟然發著高燒，一定是太緊張、太疲憊了。

「要趕快讓她休息。」

他抱起妻子手中的小女兒，交給成親，然後抱起了妻子。

「昌浩，麻煩你去通知我岳父他們。」

「知道了。」

昌浩趴躂趴躂跑走了，昌親也急匆匆地離開了，成親低頭看著抱在懷裡的小姪女。

去年夏天才剛出生，所以還不會站起來走路，才剛學會爬行。成親的力氣有達到成年男子的平均值，這麼小的孩子對他來說太輕了。

緊繃的身體慢慢放鬆了。小姪女緩緩張開眼睛看著伯父，確認是熟識的人，就緊緊抱住不放，強忍著不哭出來。

「乖、乖，哭吧哭吧，碰到這麼可怕的事是該哭啊。」

成親砰砰輕拍她的背部，她就像洩洪般嚎啕大哭了起來。

正沿著庭院往前走的小怪，聽到突然響起的嬰兒哭聲，整個人呆住了。

那是昌親的女兒。

「……」

小怪低下頭、眨眨眼睛，又骨碌轉身出去了。

完全入夜後，成親和昌浩才離開了昌親家。
不知道原因為何，但是可以確定小姪女被怪物盯上了。
非殲滅那隻怪物不可。
走到門口，昌浩就看到背向宅院坐在門頂上的小怪。
「啊，小怪！」
小怪背對他們甩了甩白色尾巴。
「既然坐在那裡，幹嘛不進去呢？好了，回家吧！」
被有點生氣又有點無奈的昌浩催促，小怪輕盈地跳下了馬路。
然後回頭看著昌浩。
看到那雙對著自己的夕陽色眼睛，昌浩倒抽了一口氣。
「對不起，讓妖怪逃走了。」
那張臉雖然強裝平靜，還是看得出來大受打擊。
「關於這件事……下次再努力就行啦。」昌浩一把抱起小怪，看著夕陽色的眼眸說：「你的表情好像很難過呢，是不是哪裡受傷了？」
昌浩兩手抱著小怪，檢查它的背部與腹部，都沒看到什麼傷痕。小怪用力甩動尾巴，好像在對他說不是那樣啦。

「喂，昌浩，太晚回去，你母親會擔心喔。」

「啊，對喔，那麼，哥哥明天見，晚安。」

「嗯，小心走。」

看著把小怪扛在肩上快步離去的昌浩的背影，成親喃喃地說：「明天啊，唉，我那姪女真是被麻煩的傢伙盯上了。」

回到安倍家，彰子就出來迎接昌浩了。

「回來了啊？昌浩，辛苦你了。」

「我回來了，彰子，對不起，都這麼晚了。」

昌浩邊將脫下的鞋子調頭，邊偏過頭看著彰子。

笑容滿面的彰子突然看看四周說：「咦……昌浩，小怪沒跟你一起回來嗎？」

沒看到總是跟昌浩一起回來的白色身影。

昌浩皺起眉頭說：「剛剛還一起走到門口啊？」

鑽過安倍家的門後，小怪就不知道哪兒去了。

沉默一會後，昌浩緩和氣氛說：「不過，它是隻怪物，所以不用替它擔心，很快就會回來了。」

說得也是，彰子點點頭，露出淡淡苦笑。

「可是，昌浩，小怪自己常說『我不是怪物』吧？」

「不，它就是怪物。」

昌浩立刻這麼回答，然後噗哧笑出來，兩人就那樣嘻嘻笑著。

小怪爬到安倍家的屋頂，沮喪地垂著頭。

雖然已經春天，還是很冷。但是小怪全身有暖和的白毛，而且它的原形是十二神將，完全不受冷暖的影響。

所以，小怪現在覺得特別冷，並不是因為氣候的關係。

它仔細端詳自己的模樣。

跟大貓或小狗差不多大小的身軀、全身長滿純白色的毛、尾巴和耳朵都很長。脖子圍繞著一圈類似勾玉的突起，四肢前端各有五根爪子。眼睛的顏色，它自己看不見，是紅的。

它確認什麼似的，用前腳啪答啪答拍打自己的身體，眨著圓圓的眼睛。再叭噠搖一下尾巴，把長長的耳朵往後甩，然後用前腳抓頭。

「怎麼了？」有聲音從頭頂上傳來。

拉長脖子一看，同袍十二神將勾陣正從高處看著它。

小怪的原形十二神將騰蛇，身高比勾陣高出一個頭。跟他站在一起，勾陣會顯得嬌小許多。

勾陣剪齊、不到肩膀的烏黑頭髮，在冷冷的風中飄揚。

她微微偏著頭，在小怪旁邊坐下來。

「你好像有點憂鬱呢，怎麼了？很少看你這樣。」

小怪輕輕皺起眉頭。

「我本來就是這張臉。」

「是嗎？」

小怪點頭說是啊，又低下了頭。

「我討厭小孩子。」

話題突然轉變，勾陣訝異地眨了眨眼睛。

小怪又逕自接著說：「小孩子動不動就哭，哭個不停，哭到發高燒。小孩子太虛弱

了，所以我不喜歡小孩子……」

大概是漸漸搞不懂自己在說什麼，小怪沉默了下來。

勾陣把手肘搭放在弓起的膝蓋上，雙手拖著下巴說：「六合都告訴我了，他說昌親的女兒被妖怪攻擊。」

「嗯。」

「你堅持不肯進入屋內，昌浩氣得跟你吵了起來？」

「嗯。」

勾陣輕輕嘆口氣，露出苦笑。

「結果被妖怪逃走啦，騰蛇。真不像你的作風呢！」

「是那隻妖怪的動作太快啦，長得那麼龐大，跑得卻跟風一樣快。」

「不過，至少有看清楚是什麼東西吧？」

小怪看勾陣一眼，嚴肅地瞇起眼睛說：「有血腥味，是嚐過人類肉味的狒狒。」

安倍晴明興致盎然地聽著小孫子說話，雙臂環抱胸前，微蹙著眉頭。

「嗯……狒狒啊，難得這種東西會跑到京城來呢。」

端坐在祖父面前的昌浩，困惑地眨眨眼睛說：「爺爺，狒狒會吃人類嗎？」

晴明揚起一邊眉毛說：「不管會不會，成親都這麼說了，不是嗎？」

「沒錯，可是……」昌浩欲言又止，露出擔憂的神色。

小鬼們去成親家，興奮地東扯西聊，才是昨天的事而已。

——有對父子昏倒在路邊。

——經過的狒狒正好肚子很餓。

——真糟糕，那些傢伙身手敏捷又力大無窮。

據說，嚐過肉味的妖怪，最喜歡襲擊女性，尤其是小女嬰。

晴明將雙手深入袖口，低聲說：「狒狒應該是更西邊國家的妖怪……可能是食物不夠，就跑來這裡了。現在這個季節，山裡面大概也沒什麼可吃。」

「所以就吃人？」

「妖怪基本上是雜食，沒東西吃時還會互相殘殺，所以吃人類也沒什麼好驚訝的。」

這樣啊？

昌浩把嘴巴撇成ㄟ字形。住在京城理的小鬼們都不會吃人類，所以，狒狒的事就像顆大石頭重重地壓在心頭。

想起哭得像被火焚身般的小女孩，昌浩的臉色就變得嚴厲。不管對方是什麼人、什麼東西，竟敢傷害他疼愛的小姪女！

想到剛剛好抱在懷中的小小生命，昌浩就繃緊了神經。

「昌親哥說，在降伏狒狒之前，他不打算出仕。」

「沒錯，既然有妖怪出沒，身體就會被妖氣污染，的確應該被視為凶日，所以要請假、齋戒淨身。」

昌浩受到輕微的打擊。

原來與妖怪對峙，身體就會受到污染，必須請假齋戒淨身？

那麼，平常祖父動不動就交代他「去降伏一下妖怪」，他豈不是應該常常請假齋戒淨身？

「這個嘛……」晴明被問得啞口無言，昌浩說的的確沒錯。

「……哎呀，這跟那是兩回事嘛。」

「喔。」

這樣好嗎？真的可以嗎？昌浩在內心自問。

晴明瞇起一隻眼睛，嘆口氣說：「昌浩啊……」

昌浩大驚，心想不會又來那招吧？

果不其然，晴明又露出他經典的沮喪表情，垂下肩膀說：「不要去想那種悔之已晚的事。」

「會悔之已晚嗎？那麼做不好吧？」

晴明完全不把昌浩的話放在心上。

「不管晚不晚、好不好，你非做不可的事也不會因此減少，太過在意瑣碎的事，可吃不了陰陽師這行飯喔。」

「不，還是在意一下吧，爺爺，凡事都有所謂順序、法則吧？雖然實行起來有點困難。」

就是有這麼多事，沒辦法當場記住，必須等到需要時再追加補充複習。

半吊子的極為正確的陳述，被老謀深算的大陰陽師毅然否決了。

「我跟你說過了，這跟那是兩回事，凡事都要懂得臨機應變，只要貫徹到底，即便是黑的也能變成白的。」

昌浩把手貼放在額頭上，一副無法釋懷的樣子，他覺得那根本是詭辯。

「是嗎？爺爺，那樣行得通嗎？」

「起碼我這幾十年來都是那麼做的。」

爺爺說得這麼義正詞嚴，才出道不滿一年的昌浩吭都不敢吭一聲。

很難認同呢，心中這麼嘀咕的昌浩，突然眨了眨眼睛說：「啊，對了，爺爺，我告

訴你。」

從身旁書堆中挑選藏書的晴明停下了手。

「小怪好奇怪喔，小姪女面臨危機，它卻堅持不進去屋內，幸虧我們及時趕上才沒事，通常在那種狀況下，速度最快的就是小怪啊……」

突然，晴明把扇子前端堵到昌浩眼前。

嚇得昌浩頓時說不出話來，晴明哀嘆地說：「有你跟成親了，就不要想依靠紅蓮，反正趕上了不是嗎？」

「話是沒錯，可是……」昌浩正要繼續往下說，突然一個神將出現在晴明身旁。

昌浩瞪大眼睛看著她，那是不曾見過的神將。從她身上飄散的神氣，可以知道她是晴明麾下的十二神將，但不知道是誰。

「晴明，騰蛇他……咦，昌浩在啊？」

察覺昌浩的視線，神將露出訝異的表情。

昌浩小心翼翼地問：「呃，十二神將？」

她露出肯定的表情。晴明代她回答：「是的，她叫勾陣，你們還沒有正式見過面吧？昌浩。」

昌浩點點頭。

從抬頭看她的視線高度來判斷，她的身高應該比自己或爺爺都高，但絕對比紅蓮、六合矮一個頭。一般來說，神將都比人類高。小孩子外表的玄武、太陰，是在標準範圍外。

一身注重機動性的裝扮，裸露出肩膀和腳，在這個季節看起來有點冷。據說他們本身對冷熱沒有感覺，但是，在這種季節還是希望他們能隨便披件外套也好，不然看的人會覺得很冷。

勾陣即便待在人間，也幾乎都隱形，不曾出現在昌浩面前。

基本上，昌浩在行元服之禮前，不曾見過十二神將。因為某些緣故，靈視能力被封鎖了。而且，那時即使沒被封鎖，神將們也不太會現身，直到最近才有某人經常現身。

昌浩不認識勾陣，但是勾陣非常清楚他的事，而且，從他呱呱墜地時就認識他了。

勾陣沉靜地微笑著。

「原來這是我們第一次見面啊？不過，我很清楚你的事，所以不太有那種感覺。」

「嗯，我想也是。」

昌浩老實地點點頭，又疑惑地問：「妳剛才話說到一半，紅蓮怎麼了？」

「啊，也沒什麼啦，只是看起來有點消沉。」

那可不是小事呢。

「咦，為什麼？發生什麼事了？」

「可能是太多心或杞人憂天吧，不必太在意。」

「啊？」

勾陣轉向晴明說：「聽說昌親的女兒在很微妙的時機哭了起來。」

聽到這句話，晴明就了解所有狀況了。

「原來如此。」

雙臂環抱胸前的晴明，思考了一會說：「昌浩，狒狒只要盯上某個獵物，就絕不會放棄。」

「嗯，成親哥也這麼說，所以，雖然今天把它擊退了，明天還是要去看看……」

晴明舉起手來打斷昌浩的話。「不，那樣就太遲了。」

狒狒是夜行性。

既然已經嚐過人肉，就嚥不下其他東西了，再怎麼克制，飢餓感都會越來越強烈。

「昌親的結界術還不差，但不擅長驅魔降妖。結界只能防止妖怪闖入，無法解決根本問題。」

晴明抬頭望著天花板，瞇起眼睛說：「你馬上跟紅蓮、六合、勾陣去降伏妖怪，速戰速決！」

就跟平常一樣，晴明說得鏗鏘有力。
昌浩就猜爺爺會這麼說，還真的說了，他沮喪地垂下肩膀。
「是，我知道了。」
「怎麼，你不願意？你不願意去？昌浩。」
「不，不是不願意。」昌浩慌忙否認，跟晴明一樣抬頭看著天花板說：「小怪的樣子不太對勁，今天不知道能不能降伏……」
最好一段時間不要去吵它吧？昌浩這麼想。
晴明眨眨眼，溫柔地瞇起了眼睛。
總之，小怪現在心情不好，昌浩可以感覺得出來。
這是其他任何人都做不到的。
勾陣用欣慰的眼神看著昌浩，微微一笑說：「既然你知道就不用擔心了。」
她倏地轉過身說：「我去叫騰蛇來。」

小怪低著頭，有氣無力地走著。
走在約十步前方的昌浩，轉過頭叫喚小怪。

「小怪，走得這麼慢，永遠也到不了哥哥家啊。」

「我說過，我到了也不會進去，所以你叫車之輔來載你，先去吧。」

「咦，什麼，你要我一個人降伏狒狒？」

「有六合跟勾在啊。」小怪反駁。

昌浩不悅地皺起眉頭。「你說得沒錯，可是……」

昌浩突然停下來，想不通似的偏起了頭。「咦？」

跟上來的小怪，好奇地看著他問：「怎麼了？」

昌浩蹲下來，配合小怪的視線高度。「小怪，你剛才說什麼？」

夕陽色的眼睛張得斗大。

「啊？我問你怎麼了……」

「再前面。」

小怪半瞇起眼睛，歪著脖子說：「呃……啊，有六合跟勾在……」

「就是這裡！」昌浩突然指著小怪說：「六合是六合，為什麼勾陣是勾？」

出乎意料的問題，把小怪問得目瞪口呆，用前腳猛抓著頭。

過了好一會兒，小怪才用力甩甩尾巴，往前進方向走去。

「喂，等等，小怪！」

「那種事不重要吧？你不是急著趕到昌親家？」

「再怎麼趕也可以邊走邊回答我的問題吧？喂，小怪！」

小怪越走越快，昌浩也跟著加快速度。

「沒什麼特別意義。」

「咦？名字是最短的咒語呢，爺爺不是常這麼說嗎？」

「不要想這種無聊事，想想小姪女啊，晴明的孫子。」

「不要叫我孫子！你這隻怪物！」

昌浩反射性地回罵，小怪只瞥他一眼就沒再說什麼了。

把嘴撇成乀字形的昌浩，這才發現問題被小怪矇混過去了。

他擔心小姪女，也擔心格外沒精神的小怪。

少納言事件時他也想過，為什麼小怪這麼堅持不接近小姪女？他再怎麼想也想不出個道理來。

不知不覺開始全速奔跑的昌浩，忽然眨眨眼睛想到一件事。

自己小的時候怎麼樣呢？小怪……紅蓮也絕不接近自己嗎？

怎麼想都想不起來的昌浩，突然聽到小怪尖銳的叫聲。

「狒狒就在附近，在……昌親家！」

昌浩也同時捕捉到了狒狒的妖氣。

似乎比傍晚時更強烈了。據說妖怪吃了人類，力量就會逐漸增強。

在天色全暗的京城全力奔馳的昌浩與小怪，終於到了昌親家。但是，小怪到了門口就停下腳步，徬徨不前了。

突然停下來、差點向前栽倒的昌浩，一把抓住小怪的脖子，衝進了門內。

「喂，放開我，不要把我當成動物！」

「要抱怨事後再說！」

昌浩沒進屋內正繞著庭院搜索狒狒的妖氣時，聽到熟悉的叫聲。

「嗡沙拉沙拉巴查拉哈拉崁溫哈塔！」

那不是昌親的聲音！昌浩的眼睛頓時亮了起來。

「成親大哥！」

轉個彎衝到現場，就看到穿著狩衣的成親，正與身軀一丈高的狒狒正面對峙。成親手上拿著金剛杵。昌浩繞一大圈趕到成親身旁，面對狒狒。

「大哥，你怎麼來了？」

「因為被我家某人罵了。」

昌浩呆呆看著大哥。

「啊？」
「她兇巴巴地說，還不趕快去解決小姪女的危機，把我轟了出來。」
接著又嘀嘀咕咕不知道唸了些什麼後，昌親舉起金剛杵說：「所以，快解決這件事吧，昌浩！」
「是！」昌浩也是這個打算。
他把從脖子垂掛下來的念珠纏繞在手上，結起手印。
「嗡阿比拉嗚坎夏拉庫坦！」
背後似乎有道不可入侵的壁壘，是昌親佈下的結界。
在眼前齜牙咧嘴的狒狒，顯然是餓了。佈滿血絲的眼睛閃閃發亮，殺氣騰騰地瞪著昌浩他們。那眼神好像在說吃掉這兩人也行，昌浩覺得背脊一陣寒意。
「小怪、勾陣，你們去昌親哥那裡。」
昌浩把小怪塞給現身的勾陣，轉過頭看著背後說：「我覺得忐忑不安，希望你們陪在他身旁。」
勾陣雙手接下昌浩塞過來的小怪，眼睛直瞪著狒狒。
沒錯，這傢伙的確吃過人類。她以前也遇過狒狒，並沒感覺到這麼污穢、扭曲的妖氣。

狒狒發出威嚇的咆哮聲。

聽起來也像尖銳的笑聲，灌入昌浩耳裡，非常刺耳。

「我困住它，你發動攻擊。」

成親這麼指示，昌浩點點頭，以眼神催促勾陣和小怪。

勾陣回應昌浩的眼神轉身向前，被她抓在手上的小怪大聲抗議：「勾，放開我！我不進去！放開我！我叫妳放開我啊！」

她低頭看著拚命掙扎的小怪，滿不在乎地說：「那麼，你就恢復原形啊，我可抓不住那麼高大的你。」

小怪緘口保持沉默。以小怪的外型出現都會把小孩嚇哭，恢復原形的話，可以想像會有多慘烈。

看到勾陣遊刃有餘地帶走無計可施的小怪，昌浩不由得驚嘆：「好厲害……」

沒想到除了祖父之外，還有人可以說得過那種狀態下的小怪。

「昌浩，動手啦！」

聽到哥哥的聲音，昌浩趕緊集中全副精神。

隱形的六合現身了，拿著銀槍擋在兩人前面。

兩腿大張站立的狒狒，又發出震耳欲聾的咆哮聲。

屋內跟屋外相反，安靜得鴉雀無聲。

觀察過狀況後，勾陣把小怪放在走廊上，轉身說：「我去看看其他人怎麼樣了，你去昌親那裡。」

「勾！」小怪急得差點跺腳。

勾陣以真摯的眼神看著它說：「你怕嗎？」

我怕什麼？原本想這麼說的小怪，把話嚥了下去，重新思考後說：「我討厭小孩子，所以我去看其他人怎麼樣了，妳去昌親那裡。」

話還沒說完它就跑了，經過勾陣腳邊消失在走廊盡頭。

勾陣目送白色的背影離去，微微聳起肩膀。

「真是的……」

嘆口氣喃喃自語後，她就隱形走向了昌親。

勾陣是凶將，即便隱形也會散發出強烈的神氣。小怪會以異形的模樣出現，就是為了封住十二神將中最強大、最劇烈的神氣。只有騰蛇會以那樣的外型現身，沒有人知道詳細緣由，但是勾陣隱約可以理解。

昌親以圓陣佈下結界，保護妻女。

從聲音與靈力的波動，可以清楚了解外面的攻防狀況。繼成親之後，昌浩也趕來了，所以昌親看起來很放心。

昌親的靈視力沒有昌浩那麼好，所以勾陣特地增強神氣，讓他知道自己的存在。過了一會昌親才發現，轉移了視線。

勾陣瞬間顯現。

「十二神將勾陣……是爺爺的指示嗎？」

「除此之外，還因為昌浩和騰蛇很擔心你。」

大概是有所感觸，昌親溫和地瞇起了眼睛。他小時候很怕騰蛇，那種恐怖的感覺至今還深植心底，然而，逐漸湧現這之外的情感也是事實。

被妻子抱在懷裡的女兒，敏感地察覺到異狀，全身都緊繃起來。從剛才就不斷東張西望，咬字不清地叫著媽媽。

「不要怕、不要怕，梓……」這麼告訴女兒的母親，自己的臉色卻蒼白得就快昏倒了。再加上原本就體弱多病，她現在是只靠著僅剩的氣力在支撐自己。

突然響起什麼東西衝撞板窗的聲音，木框扭曲產生了龜裂。

接著，怒吼聲震響。

「別想逃──！」是昌浩的叫聲，伴隨真言被放射出來的靈力波動蔓延到屋內。

狒狒的慘叫聲劃破天際，圍繞房子周遭的守護壁壘，同時應聲碎裂。

連勾陣都大驚失色。

「硬是摧毀了結界？」

使盡蠻力衝撞板窗、全身是血的狒狒，猛然現出了身影。

「唔……！」昌親的妻子被突發狀況嚇得倒抽一口氣，就那樣昏過去了。

「千鶴！」

臉色蒼白的昌親抱起妻子。

躺在母親懷裡的小女兒，張大眼睛呆若木雞。

狒狒一眼就看到了獵物，發現中間站著阻礙者，氣得齜牙咧嘴。

啪嘰啪嘰扯碎板窗後，狒狒企圖侵入屋內。

勾陣邊拔起插在腰間的筆架叉，邊訝異地嘟囔著：「昌浩他們在做什麼啊？」

真相很快就大白了。

她從毀壞的板窗縫隙往外看。

昌浩和成親正與滿身是血的三隻狒狒對峙，其中兩隻身軀比較小。

六合手握銀槍，但捕捉不到狒狒比想像中敏捷的行動，狒狒只受到了輕傷。當然，陰陽師的法術也全被閃過了。

能擁有這種超越認知範疇的行動，無疑是因為吃了人肉。

「可惡的狒狒，父母、孩子全都吃了人，太過分了！」

只要不傷害人類，即使來到人類居住的地方，她也會放過它們。

勾陣滿臉厭惡地這麼喃喃自語時，聽到昌浩的叫聲。

「小怪，快攔住往那裡去的那隻！」

一丈多高的龐大身軀入侵室內。

擋在前面的勾陣，偏頭往後看。

就在這一瞬間，與小千金的視線交接。小千金正瞪大眼睛，注視著勾陣與怪物。

勾陣眨眨眼睛，將視線轉回狒狒身上，輕輕蹬地而起。

「騰蛇，這裡交給你！」

把現場交給察覺狀況不妙又悄悄現身的小怪後，勾陣以身體將狒狒衝撞出去。

被留在現場的小怪，全身緊繃了起來。

一來就被全權委任，而且，昌親的妻子還昏厥了。

真糟糕。

小怪勉強移動僵硬的四肢，走到被狒狒破壞的板窗大洞前。眼睛直盯著板窗的大

洞，絕不往後看。
有隻狒狒逃過昌浩的監控，往這裡衝過來了。
夕陽色眼睛閃過兇光。
「滾！」
紅色鬥氣從齜牙咧嘴的小怪身上迸出來，被通天力量彈飛出去的狒狒摔了個狗吃屎。接著，勾陣的筆架叉又橫掃而過，撕裂了狒狒的背部。
怪物發出慘叫聲。
昌浩和成親也繼續流暢地唸著降伏咒文，殲滅剩下的兩隻狒狒。
負傷的狒狒躲過幾次攻擊，又企圖從板窗闖入屋內。
「不知死活！」
白毛被鬥氣煽動得豎立起來。
剎那間。
「嗚、哇啊啊……！」
長長的耳朵聽到微弱的哭聲。
是小嬰兒的哭聲。
小怪瞪大眼睛，縮起了身子。

好幾個嬰兒被它嚇哭過。一直哭、一直哭，哭到發高燒全身虛脫。小嬰兒會靠本能察覺危機，徹底厭惡那種危機感。

夕陽色的眼眸蕩漾搖曳。

它討厭小孩子！討厭小孩子，所以發誓絕不靠近小孩子。

只要不靠近，就不會心痛、就不會聽見不想聽的聲音、就不會看到嬰兒發燒痛苦的樣子。

騰蛇靠近也不會哭的孩子只有一個。

「……」小怪壓抑種種情感，甩了甩頭。

胸口沉重得像壓著塊大石頭。

低著頭好一會兒的小怪，察覺到狒狒的氣息，抬起了頭。

狒狒又從板窗大洞探出頭來找獵物了。

莫名的激動湧上心頭，小怪用足以射殺對方的兇狠眼神瞪著狒狒。

「歸根究底，都怪你們……！」

小怪用冰冷得令人毛骨悚然的聲音低嚷後，狠狠地踢向狒狒的臉，然後衝到外面。

「昌浩，在房子周圍佈下結界！」

被氣勢震倒的昌浩，默默點頭，犀利地擊掌合十。

「恭請奉迎……！」

請求神靈的加護，築起神聖的防禦壁壘。

小怪以淒厲的眼神瞪著四隻狒狒，撂下狠話說：「我要一口氣解決它們，你們統統讓開。」

想反駁的昌浩，被小怪的氣勢壓倒，把話嚥了下去。

成親不管三七二十一，把腳生了根般杵著不動的昌浩往後拖。

「騰蛇。」

「幹嘛？」

「那邊是空房子，而且周遭都是荒地。」

「是嗎？那太好了。」小怪低聲回答後，紅色鬥氣從全身噴射出來。

一眨眼，白色異形就變成了高大身軀。沒有任何贅肉的結實肢體、披散著長度不到肩膀的深色頭髮、從前面劉海隱約可見額頭上戴著金箍、纏繞手上的絹布隨著鬥氣漩渦翻騰。

現身的十二神將火將騰蛇，放出火蛇攻擊四隻狒狒。

騰蛇還有第二個名字，只有極少數人可以那麼叫他。

「紅蓮。」

極少數人之一的昌浩叫了那個名字。

紅蓮瞥了他一眼，沒有回應，閃閃發亮的金色雙眸瞪著狒狒。

鮮紅的鬥氣從紅蓮全身迸放出來，無數隻火蛇蠕動著往上爬，撲向了怪物。

狒狒四處奔逃，火舌巧妙地截斷它們的退路，把它們逼進空屋。

紅蓮單手攔住正要追上去的昌浩等人，平靜地說：「你們都不要出手。」

「啊，紅蓮……」

看著說完就跑去追狒狒的紅蓮的背影，昌浩不由得伸出了手，在半空中徘徊了一下，又縮回來。

成親呆呆地看著這一幕，勾陣回頭指著空屋對他說：「快佈下圍繞空屋和荒地的結界。」

「啊，對喔。」聰明的成親立刻反應過來。

紅蓮的鬥氣和狒狒此起彼落的慘叫聲，會對附近鄰居的精神造成不好的影響。

當成親施法佈設結界時，狒狒的咆哮聲與慘叫聲也不絕於耳，還有紅蓮劃破天際的怒吼聲。

聽得啞然失色的昌浩，緩緩抬起頭看著勾陣。

「怎麼了？」

「我覺得……」

昌浩停頓一下，瞥一眼空屋接著說：「紅蓮好像在發洩情緒……」

勾陣不以為意地點點頭。

「嗯，怎麼看都像在發洩。」

嘆口氣後，勾陣又偏著頭說：「因為他好像有點鬱悶。不過，可以殲滅狒狒，圓滿達成任務，也不錯啊。」

「話是這樣沒錯，可是……」總覺得難以釋懷。

紅蓮到底在氣什麼？

昌浩提出這樣的疑問，勾陣微微苦笑說：「生氣啊……沒錯，那傢伙的確在生氣。」

黑色眼睛怡然笑著。十二神將玄武也是黑色眼睛，但勾陣的顏色更深。

紅蓮的鬥氣在成親佈設的結界中橫衝直撞。昌浩有靈視力，所以可以感覺得到，沒有能力的一般人應該完全不會發現。

昌親嘎嗟嘎嗟拆下全毀的板窗，露出臉來。

「……」

他東張西望了一會，還是無法掌握現況。狒狒到底怎麼了？騰蛇那股強烈的鬥氣和通天力量又是怎麼回事？

「昌浩，狒狒呢……」

「啊，在那邊，紅蓮正在處理。」

該說他正要一舉消滅四隻？還是把狒狒當成發洩對象，正在消愁解悶呢？

昌親懷疑地皺起了眉頭。

「實在太粗暴了……」

「你也覺得？」

「暫時別理他，就會恢復正常了，不用介意。」勾陣這番話令人難以理解是豪邁還是無情。

成親想應該是前者，從板窗往室內望去。

「弟妹和小姪女都沒事吧？」

昌親心頭一驚。

「千鶴昏倒了……大哥，梓拜託你一下。」

他把女兒交給成親，抱起妻子趕往其他人那裡。

成親抱著一會兒後，轉向昌浩說：「小弟，你抱一下。」

「大哥呢？」

「看那樣子，昌親一個人可能應付不來，我去幫他。」

親家公、親家母還有傭人們，都被這場騷動搞得筋疲力盡了。平常不管發生什麼事都不會驚慌的昌親，遇到自己家人的事也會徹底失去冷靜，只能說他太重視家人了。

成親當場脫掉鞋子，小心翼翼地走進屋內，以免踩到碎木片。

昌浩以生疏的手勢抱著被託付的小姪女。

「會不會冷呢？啊，勾陣，可以幫我把那件外套拿來嗎？」

「好。」

背景音樂是狒狒的慘叫聲與紅蓮的怒吼聲，這裡的氣氛卻分外地優閒。

昌浩用原本疊放在裡面的外套，笨手笨腳地包住嬰兒小小的身體，幾度更換手勢，希望姪女可以在他懷裡躺得更舒服。

但是，太生疏了，怎麼也抱不好。

他拚命安撫在他懷裡扭來扭去的小姪女，神情相當狼狽。

「乖乖，沒事了。啊，她好像快哭了……」

看到昌浩自己也驚慌失措，很想哭的樣子，勾陣出手相助。

「要把她的頭放在你手臂上，對、對，用另一隻手抱。」

「啊，原來如此，這隻手是預防她摔下去。」

抱小孩需要技巧。小孩子全身軟趴趴，一不小心就可能掉下去。

「好難……」對昌浩來說，小嬰兒是未知的生物。身旁沒有，所以更難理解。

──難怪……

昌浩突然想起，小怪堅持不肯靠近小姪女的理由。

小姪女的模樣，看起來就快哭了。問她為什麼哭，不會說話的小嬰兒也回答不了。

不知道原因就更可怕了，所以小怪才不接近嬰兒吧？

聽到昌浩這麼說，勾陣露出複雜的笑容。

「那也是原因之一吧……」

那麼，不只是因為這樣？

昌浩疑惑地陷入思考中。

這時候，小姪女終於平靜下來，開始打瞌睡了。沉重的眼皮慢慢閉上，不久就發出了規則的鼾聲。

看著她的睡臉好一會，昌浩感嘆地說：「……好重……」

姿勢跟剛才完全一樣，卻突然變重了。

「為什麼呢？」

「好像聽騰蛇說過，小孩睡著就會變重。」

「喔……」

昌浩感同身受地點點頭，又眨眨眼睛說：「紅蓮還真清楚呢。」

「就是啊。」

「為什麼？」

勾陣看著昌浩，微微笑地敲一下他的頭，把視線轉向結界。

「差不多該結束了吧？我去看看。」

昌浩看著勾陣敏捷地縱身而去的背影，不解地偏起了頭。

「……？」

他把視線轉向剛才默默看著他們的六合。六合還是一樣，用缺乏抑揚頓挫的聲音說：「騰蛇的事去問騰蛇。」

昌浩點點頭，嘆了口氣。

以前他也問過同樣的事，六合都是給他這樣的答案。

他知道，六合並不是不想負責任，而是想告訴他，不管他人怎麼說，都不會是事實。

低頭看看懷裡的小姪女，昌浩笑了起來。

沉睡中的小嬰兒真的很可愛，光看就覺得整顆心都暖了起來。

重新調整抱姿後，昌浩不禁想：
希望紅蓮可以不要那麼固執，也來嘗試抱抱這個小姪女。

狒狒成了一團燒黑的木炭，紅蓮站在前面，砰砰地拍拍手，把髒東西拍掉。
勾陣對著他怒氣未消的背部，嘆口氣說：「還真是毫不留情呢。」
紅蓮偏頭看著後面的勾陣，還忿恨難平地半瞇起眼睛說：「我完成了任務，你有異議嗎？」
「沒有異議，不過，你還是向昌浩解釋清楚吧，他很擔心你呢。」
紅蓮像挨了一記悶棍，頓時沉默下來。
然後瞧瞧四周，眨個眼就變成了小怪的模樣。
勾陣蹲下來說：「這樣，你滿意了嗎？」
「什麼意思？」
「滿意就好。」
小怪抬起頭，斜眼看著淡淡微笑的勾陣，把嘴巴撇成乀字形。
「我討厭小孩子。」

「的確是。」

「動不動就哭，全身軟趴趴，不知道要怎麼抱，又很脆弱。而且不會說話，完全不知道在想什麼。」

「嬰兒就是這樣，你也很清楚吧？」

「是啊，我很清楚……所以我討厭小嬰兒。」

聽到這樣的話，勾陣慎重其事地說：「我想那應該不是討厭。」

「妳在說什麼，莫名其妙。」這麼說的騰蛇，自己也有過很長一段時間，沒有人知道他在想什麼。

他哪有資格批評別人呢，勾陣暗自在心裡這麼想，站起來說：「回去啦，昌浩在等我們。」

小怪甩甩尾巴，默默地點點頭。

昌浩把小姪女交還給來接女兒的昌親，就坐在外廊等小怪和勾陣。

可能是不忍讓他一個人等，六合也現身在他旁邊盤腿坐了下來。

托著腮幫子的昌浩，很認真地提出了心中的疑問。

「說真的，紅蓮為什麼把勾陣叫成勾呢？六合，你知道原因嗎？」

六合沉默以對，應該是不知道吧？

「小怪為什麼那麼不願意接近小千金呢？」

這次有了簡短的回答。「它說過它討厭小孩子。」

昌浩滿臉疑惑，覺得並不是那樣。

小怪那樣子，說是討厭，不如說是……

「應該是棘手或不知道該怎麼應對而害怕吧……不，也不對，呃……啊，我知道了！」有種眼前突然一片寬廣的感覺。「不是討厭，一定是怕被討厭。」

六合張大了眼睛。

昌浩似乎很滿意自己想到的答案，不停地點著頭。

「原來是這樣啊，那就沒辦法啦。」

我也不想讓小姪女討厭啊，紅蓮長得那個樣子，第一次見到可能真的會怕。

這麼說服自己的昌浩，突然聽到拍振翅膀的聲音。

他反射性地抬頭仰望天空。

一隻白鳥直直往這裡飛來，絲毫不受黑夜的影響。

「嚇！」剛驚叫一聲，白鳥就變成了紙片。

昌浩慌忙抓住翩然飄落的紙片，閱讀上面的文字。他對自己施加了暗視術，所以在黑夜中也能看得跟白天一樣清楚。

上面果然是晴明漂亮的字跡。

紙上寫著：「降伏狒狒這種小事，就不能做得更穩健、更俐落、更安靜嗎？給昌親的夫人、親家公、親家母帶來不必要的困擾，表示你還不夠成熟。看你做什麼事都這麼漫不經心，爺爺怎麼放心把驅魔降妖的事交給你做呢？啊，是爺爺對你的訓練還不夠嗎？你還需要多多多多修行。By晴明」

低著頭的昌浩，肩膀顫抖起來。「我還需要多多多修行……？」

根本是在耍我。不管怎麼看、怎麼想，都是極盡所能在耍我、嘲弄我！

「……」

「……那、那個……！」

昌浩在不知道該說什麼只能保持沉默的六合面前，把紙張揉成一團，站起來，高高舉起手大叫：「臭老頭──！」

聽到響徹雲霄的怒吼聲，小怪和勾陣面面相覷，滿臉無奈地深深嘆了口氣。

竹取公主

彰子現在住的房間，以前是昌浩的大哥成親住的房間。

「成親大哥是什麼時候搬進了參議大人家？」彰子問。

昌浩在記憶裡搜尋。「呃……我四歲時，所以大約十年前。」

旁邊的小怪舉起一隻前腳，點點頭說：「對、對，差不多那時候，哎呀，已經這麼久了啊。」

那時候的它，還沒有以異形的模樣出現，幾乎都隱形著。光隱形還是掩不住強烈的神氣，所以它盡力不接近小孩子。

四歲的昌浩，已經被晴明封住了與生俱來的靈視力，所以紅蓮在他旁邊，他也不會察覺。但是，昌浩看不見，成親和昌親還是看得見。從小就培養了一些抗壓性的他們，面對紅蓮時虛張聲勢假裝不在乎的樣子，讓紅蓮不只感嘆更是苦笑連連。

「怎麼了嗎？」昌浩好奇地問。

彰子點了點頭。「柱子的地方有橫向刻痕，差不多從這個高度開始……」

彰子邊說邊用手掌比出高度。

「到比現在的昌浩矮一點的地方為止，那是什麼呢？」

應該是用小刀劃的，刻著好幾條長約一吋的痕跡。

前幾天打掃前搬動家具，才看到那些刻痕。

「是成親大哥住這裡時刻的吧？一定是，因為看起來很舊了，應該很久了。」

所以，突然想知道昌浩的兩個哥哥是什麼時候結婚的。

昌浩環抱雙臂，歪著脖子說：「那會是什麼刻痕呢？我很少進哥哥房間，所以沒看過。小怪，你知道嗎？」

「不知道。」

成親和昌親也是騰蛇一靠近，就會嚇得縮起身子。騰蛇一點都不想讓他們害怕，所以盡量不在人界現身。既然是那時候刻下的痕跡，問他他也不知道。

當昌浩和彰子正在沉思低吟時，神氣出現了。

《那是成親大人和昌親大人比身高的線條。》

兩人移動視線。他們是在昌浩房間。霪雨暫歇的午後，陽光和煦，他們打開板窗通風。等梅雨季節過後，就要把書庫裡的書拿出來晾曬。

小怪豎起耳朵聽著隱形的神將說話。「喔，是這樣啊。」

《是的，兩個年幼的孩子常常比身高。》

聽到彬彬有禮的用詞，彰子訝異地眨了眨眼睛。她知道那是十二神將，安倍晴明麾下的式神她認得一半以上，但是卻對這個聲音很生疏。看看昌浩，他也是疑惑地眨著眼睛，好像對這個聲音不太熟。

看到他們的表情，小怪滿臉詫異地張大眼睛，用後腳直立起來。

「怎麼了？彰子不認識還有話說，昌浩應該認識吧？」

昌浩思考片刻，「啊」地大叫起來。「我知道了，是太裳。」

傳來苦笑的氣息。

十二神將太裳很少在昌浩他們面前出現，也不常待在晴明身旁。昌浩沒跟他說過幾次話，對他的印象是十二神將中的重鎮。

大概是從表情猜到昌浩在想什麼，小怪若有所思地盯著天花板。

太裳通常待在異界，晴明召喚時才悠悠哉哉地來到人界，過得比自己還逍遙，根本不是什麼重鎮。小怪這麼想，望向敞開的板窗。自己都待在異界那段時間的安倍家的事，太裳、天后、天一比較清楚。

「來都來了，就講講當時的事吧，你比我清楚多了。」

小怪轉轉脖子，咚地坐下來，蜷起了身子。它只知道昌浩出生後的安倍家。

正俐落地做著帶回家的工作時，孩子們趴躂趴躂跑來了。

「父親，工作什麼時候可以做完？」

六歲的長子國成來看成親還剩多少工作，成親把他推開，聳聳肩苦笑起來。

「真是的，你跟忠基從剛才就輪流來煩我，害我都做不完。」

成親斜眼一瞥，站在敞開的格子門後面偷偷往裡瞧的次子，慌忙把頭縮回去。

被成親這麼一說，國成不好意思地低下頭。「我們已經等很久了嘛。」

「母親也在等呢。」探出半張臉的忠基，接著哥哥的話說。

成親望著天花板搖頭興嘆，把毛筆放回硯台盒。

「知道啦、知道啦，今天就做到這裡。」

國成和忠基的臉頓時亮了起來。

「那麼，我們在東對屋等。」

「我去告訴母親。」

兄弟倆一起趴躂趴躂地跑走了。成親看著他們的背影，嘆了口氣。「加班加太晚，他們不高興；不加班把工作帶回家做，又氣我不理他們。還真難纏呢。」

嘴巴說難纏，眼神卻溫柔得不得了。沒辦法，只好明天出仕時比平常更努力工作了。每天都努力工作就沒問題了，偏偏他的信念是天天都盡全力工作會後繼無力，所以做到適可而止就行了。

成親知道自己很有能力，但是，表現得太過耀眼，立場上會被逼入微妙的狀況。所以，只能做到某種程度。他必須巧妙地維持既受人愛戴、工作又還混得過去的狀態。要做到這樣比想像中困難，老實說他也很辛苦。

《你好像很累。》

早就察覺有神氣降臨，所以成親顯得並不驚訝，點了點頭。

「是有點累，真不該成為公卿大人的女婿。」

看成親說得很認真的樣子，十二神將苦笑著回應他。

《但是，你並不後悔吧？》

「算是吧。」成親不假思索地說，沒規矩地隨意亂伸腳。

因為這裡不是職場，所以他穿著便服狩衣，還弄得鬆鬆垮垮。他稍微整理一下衣服後，喀喀喀地扭動脖子。裝扮太過邋遢，妻子就會生氣。但是氣起來也不太討人厭，所以他總是嗯嗯地回應，聽過就算了。

《夫人都沒變嗎？》

「沒變。」成親笑逐顏開。

「她還真的一點都沒變呢……對了，前幾天我見到好久不見的少納言家的靖遠。」

《啊，那個……》

太裳頗有意涵的點了點頭，成親露出狡黠的笑容說：「真該問問他，知道她是怎麼

樣的女人後，還會想把她娶回家嗎？」

太裳無聲地笑著，成親敲敲矮桌上的書的封面，沉穩地垂下眼簾說：「說不定他還是會堅持要娶，因為再怎麼樣都是竹取公主啊。」

＊　＊　＊

傷腦筋啊。「該怎麼辦呢……」

曆表部門的曆生安倍成親，唸唸有詞地思索著。

今天陰陽助③約他，一起去參加參議大人藤原為則府邸舉辦的賞月宴會。

現在晴空萬里，想必今晚的月色也非常美麗。參議大人為人耿直，頗受年輕人愛戴。當然，跟政治扯上關係，就很難說完全沒有污點，但是身為殿上人就是要做到清濁兼容，所以攻擊這一點是很庸俗的事。

十二歲行元服之禮、出仕，在接近政治中樞的陰陽寮工作幾年，自然會看清楚這樣的現實。富裕的參議大人府邸舉辦的宴會，應該可以吃到平常絕對吃不到的山珍海味，很令人期待。但是，他卻從剛才煩惱到現在。

「嗯……順利的話，今晚應該可以解決。」

今天早上成親被祖父找去。他的祖父是大家口中的曠世大陰陽師，說到安倍晴明恐怕是當代無人不曉。

自從懂事以來，成親就隱約想過，自己必須繼承祖父和父親成為優秀的陰陽師，所以總是竭盡所能地努力修行。看到哥哥的努力，弟弟昌親從小就覺得自己要協助哥哥，也竭盡所能致力於修行。但是，年紀相差很多的三子出生後，有了一百八十度大轉變。

「哥哥！」咚咚跑過來的昌浩笑咪咪地伸出手來。

「嗯？」成親低頭一看，昌浩手上放著一隻有點扭曲變形的蝴蝶。

他笑容滿面地問：「你做的？」

「嗯。」昌浩用力點著頭，把蝴蝶遞給他，好像希望他再好好欣賞。

他接過來仔細看過後，摸摸弟弟的頭說：「嗯，做得很好，用小刀做的嗎？很危險喔，要小心點。」

「是跟昌親哥哥一起做的，所以沒關係。」

「這樣啊，那就好。」

成親摸著滿臉得意的昌浩的頭時，昌親探出頭說：「昌浩，拿給哥哥看了嗎？」

「嗯。」回過頭用力點頭的昌浩，彷彿完成了一件大事似的，又咚咚跑出去了，呼喊「爺爺！」的聲音逐漸遠去。

「我四歲時連怎麼做紙式都不知道呢。」
「我也是啊，好像是爺爺教他的。」成親的苦笑中帶著些許無奈的神色。是打算從現在開始徹底訓練他吧？因為他是祖父安倍晴明的接班人。
「敗給他了。」
昌親把折得歪歪斜斜的蝴蝶放在手上，對抓著後腦勺的哥哥說：「今天你要去參議大人為則府邸吧？」
「是啊，跟陰陽助一起去，爺爺還交代我要辦一件事。」
看到昌親疑惑地眨著眼睛，成親只是聳聳肩，沒有告訴他什麼事。
時間差不多了，成親站起來。他必須先去陰陽助府邸，再去參議大人府邸。
「最近都沒看到騰蛇呢。」
以前常常看到他陪在昌浩身旁。
偶爾會在晴明房間看到其他神將，就是沒看到騰蛇。
老實說，他們都很怕騰蛇，並不想見到他，但他們都知道他看著昌浩的眼神非常溫柔。昌浩不可能指使他怎麼做，所以應該是他自己有什麼考量。而且，他剛消失沒多久時，昌浩常常都像在找什麼人，最近已經不會了。
「參議大人就是竹取公主④的父親吧？」

昌親問，成親點頭說：「是啊。」

聽說為則的長女，是個美麗耀眼的公主，所以有故事裡的竹取公主之稱。三年前舉辦過裳著儀式後，追求她的禮物和求婚書信就紛至沓來。因為她是參議大人的獨生女，論財產、家世都無可挑剔。而且，光是美貌就足以吸引所有人。

不過，這些人都只限於上流貴族，像成親這種勉強算是貴族的家世，根本毫無機會。今天成親可以跟陰陽助一起來參加宴會，當然有特別的理由，否則殿上人府邸的宴會不可能邀請他這種卑微的小官。

「為則大人沒有什麼野心，所以不想把掌上明珠交給有企圖心的人，要不然那麼受歡迎的小姐不可能到現在還沒有對象。」

昌親點頭表示贊同，抿嘴一笑說：「說不定出乎意料之外，選擇像大哥這種人呢。」

「怎麼可能？」為了不失禮節特地穿上新衣的成親，留下苦笑出門了。

事後，兄弟倆深切覺得，真的有「言靈」這種東西。

✕ ✕ ✕

鑽過竹簾進入對屋的真砂，走到倚靠憑几坐在帷屏後的小姐旁，跪下來低聲說：

「小姐，他們好像都來了。」

她沮喪地蹙眉長嘆。

來報告壞消息的侍女真砂，不知所措地看著主人。

她的主人是大家口中的竹取公主。她敢驕傲地說，她也覺得她家小姐論氣質、論美貌，的確都比其他家小姐優秀許多。不過，小姐會被稱為竹取公主，並不只是因為美麗耀眼的外表。

「這樣啊，真麻煩……」

小姐把扇子抵在嘴唇上，抑鬱寡歡地垂下了眼簾。最近總覺得身體特別沉重，每天都很疲憊。請藥師來看過，診斷結果是為某事心煩而胸口鬱悶，原因昭然若揭。

「這樣下去，恐怕我再不情願，也會失去思考的力氣，隨他人擺佈了。」

真砂揚起眉毛，對終於說出洩氣話的小姐說：「怎麼可以這樣呢，小姐！您不是說過，絕不嫁給無法跟您心靈相通的人嗎！我也贊成您的想法！」

所以，即便袖子差點被抓住，她也會努力逃跑，委婉拒絕那些來拜託她牽線的貴公子們，有時甚至狠狠地把他們趕回去。

竹取公主闔上扇子，單手掩住了臉。

「大人也了解小姐的心情，所以，到目前為止不管條件多好的姻緣，都尊重小姐的

選擇，小姐怎麼可以……」

「我知道……可是那些人……不，那些傢伙……」

那些傢伙都很有耐性，不，說白了是死纏爛打。

知道最得小姐信賴的侍女真砂不會答應，他們就去拜託其他侍女，帶他們去小姐的對屋。或是送來故事裡出現的昂貴稀有禮物，總之，就是使盡一切手段來追求。

值得慶幸的是，父親為則高居參議之位，所以沒有人可以靠身分地位來脅迫她。

她會被稱為「竹取公主」，還有另一個原因。

那就是有五個人不管怎麼拒絕，還是死皮賴臉來求婚。竹取物語裡向竹取公主求婚的貴族也是五個人，所以她被稱為竹取公主。

倚靠著憑几的竹取公主，深深嘆了口氣。

「也有人說，我年紀差不多了，該接受求婚了。」

她的父親對她母親是現今少有的專情，所以從小看著父母鶼鰈情深的她，也希望可以嫁給像父親那樣的人。但是，那種男人真的很少。

現在的求婚者中，就有個年過三十、名叫安芸守中原高名的地方官，已經娶妻生子還寫情書給她。

她緊握扇子，搖搖頭說：「都有妻子、孩子了，還公然送情書來。想到他的妻子和孩子……」

「小姐……」

在心疼地看著自己的真砂面前，竹取公主抬起頭說：「教我怎能不生氣！太無情了，我絕對不嫁給那種人！」

她不太清楚其他求婚者的長相，但知道名字。

無官大夫靖遠、朝霧皇族的景朝、右中弁的兒子巨勢維人、衛門佐師重。

靖遠是連深居閨中的自己都聽過惡名的男人。朝霧皇族是前前前皇上的表兄弟的孫子，但是家道已經中落，現在只剩下皇家血脈。巨勢是在陰陽寮常見的姓氏，但維人似乎沒有那方面的才能，是出任圖書寮官職。

他們的官位不高，卻都花名在外。

或許有人會說那是小事，但對竹取公主來說卻是最大的問題。

最近，她甚至想開了，如果遇不到理想對象，就一輩子不要結婚。但是，她也知道這是不可能的事。

真砂擔心地托著腮幫子說：「糟透了，他們說不定會趁今晚的宴會溜進來這裡。」

「真砂，妳不要嚇我啊！」她大驚失色嚇得全身僵硬。

真砂又接著說：「不，要做好這樣的準備才行，任何事都可能發生。」

「為什麼要這樣嚇我……！」

真砂搖搖頭說：「不能否認這種可能性，而且……」

其他家小姐被這樣強行闖入的例子不勝枚舉。

真砂與小姐陷入短暫沉默中。過了好一會兒，真砂才忍不住地開口說：「總之，不讓現在的求婚者們死心，我們就沒有片刻安寧。」

「沒錯，的確是這樣。啊，該怎麼辦才好？」

美麗的臉龐蒙上陰影，很快蹙起眉梢按著額頭的小姐，看起來真的很煩惱。

突然，真砂眨了眨眼睛，儘管知道沒有其他人在，還是環視周遭做過確認後，才壓低聲音靠近小姐說：「我想到一個辦法……」

聽到信賴的侍女的提議，小姐張大了眼睛。

參議大人府邸的房子相當寬闊。

但是，以佔地面積來說，應該是安倍家比較大。

成親以肉眼估算後，在心中這麼自言自語。

為什麼自己家會那麼大呢……？

不過，房子已經很老舊，也不算寬敞，只有佔地面積大。

安倍家沒有傭人，只有家人，所以不需要太大的房子。但是，有時還是覺得空有那麼大的佔地面積很可惜。小時候問過父親為什麼佔地會那麼大？父親只說代代都住在這裡，並不知道原因。

「建築相當雄偉呢。」

賞月之宴要等月亮出來才開始，他來早了，所以閒得發慌。曆生的職等是八位，所以成親沒有見過參議為則。但是，成親年輕又引人注目，所以旁人自然會注意到他。

外表沉穩的為則走向了他。

「你是……」

「我是今天跟陰陽助一起來的安倍成親。」

「安倍……」為則停頓一下，露出驚訝的神色。「那麼，你是吉昌大人的兒子？」

吉昌的兒子，也就是晴明的孫子。有點地位的貴族，多多少少都麻煩過晴明，為則也不例外。

「晴明大人幫過我不少忙，他最近好嗎？」

為則坐下來，似乎準備與成親長談。

成親熱絡地回應說：「他很好，雖然年紀大了，精神卻比我們都好。」

「是嗎？幫我向他問好……乾脆我去找他商量好了。」
為則臉上突然蒙上陰影。
參議深深嘆口氣，稍微看了一下四周。喝了酒的人都各自嬉戲笑鬧著，沒有人注意到為則。成親特地坐在宴席最角落的位子，所以不用擔心有人聽見他們說話。
「怎麼了？」
為則顯得有些疲勞，瞇起眼睛說：「你知道我女兒被稱為什麼吧？」
知道，成親地點點頭，望向前方。
向竹取公主求婚的人，都來參加這次宴會了。成親一一確認過後，把視線轉回參議，壓低聲音說：「以地位、外貌來說，那幾位應該都還不錯……哎呀，以我的身分實在不該說這種僭越的話。」成親趕緊道歉。
為則苦笑著說：「你說話誠懇、直率，這一點很像晴明大人。沒錯，以眼睛看得到的部分來說，那些人都相當出色，只是……」
誰也不敢保證，他們的內心也是那樣。
光是耳聞，為則就聽說過很多令他無法接受的傳聞。有心蒐集的話，恐怕還更多。
以女兒的幸福為第一優先考量，還是希望她能嫁給生性老實的人。
成親邊「嗯嗯」回應，邊在心裡想著：

那恐怕很難吧，現在這個時代，花名在外是天經地義的事，結婚後再娶第二、第三個妻子也不成問題，還有不少貴族有好幾個純粹交往不結婚的愛人。

不過，成親知道那是只限於上流階級的風潮，因為生活富裕才能做那種拈花惹草的事。

啊，越想越生氣。

《成親大人，你的眉宇之間出現了皺紋。》

有聲音直接傳入耳朵，成親眨了眨眼睛。發現自己無意識地半瞇起了眼睛，他趕緊整頓表情，然後往什麼也看不見的背後瞥了一眼。

是十二神將，不知何時就站在那裡了。

「我想……晴明大人擅長替人占卜命運，是不是可以請他看看，是該降低期望，從追求我女兒的人當中選擇一個呢？或是另外有適合她的人呢？若有就請他幫忙找出來。」

「這……」吞吞吐吐的成親，感覺背後的神將似乎也有些困惑。這也難怪，真的沒想到會在宴席中突然被問這樣的話。

正不知該如何回答時，視線與陰陽助交接了。剛邁入老年的陰陽助，對他使了使眼色，好像在對他說「拜託你了」。

成親頓時傻眼。原來陰陽助找他一起來，是為了這件事。他心想不必繞這麼大的圈子，直接去找祖父就行了嘛。

不過，大概也不好那麼做吧，因為竹取公主太受人矚目了。光是不斷拒絕求婚者，就被當成了怪人。那個美麗的稱呼，多少也帶點揶揄的味道。再加上「去找陰陽師安倍晴明商量」這種事，不知道會被說成什麼。參議非常疼愛這個獨生女，當然不希望她受到任何傷害，就算傳聞也不行。

而且，能來參加這個宴會也正中他的下懷，所以功過就相互抵銷了。

成親想通後，點點頭說：「我知道了，回家後我會跟祖父說。」

原本神采黯淡的參議，臉色突然亮了起來。

「喔，是嗎，那麼拜託你了。」

向官位低很多的年輕人深深一鞠躬後，為則就被管家請走了。

跟參議說話時一直挺著背的成親，揉揉痠痛的肩膀低聲嘟囔著：「沒想到會變成這樣。」

《就是啊，不過，參議大人好像真的很煩惱，晴明大人應該也不會置之不理吧。》

「如果他斷然拒絕，說不關他的事，那就真的是魔鬼了。」

他聽說過祖父是狐狸之子，但並不是魔鬼，所以應該不會拒絕吧？

正咳聲嘆氣時，突然發現視野角落有個人。

他悄悄望過去，看到有個背影趁大家不注意時，悄悄離開宴席座位走向裡面，潛入了黑暗中。

成親無聲無息地站了起來。

小姐住的對屋離主屋有點遠，所以不怎麼聽得到喧鬧聲。

雖是賞月之宴，還是點了篝火，光線會照到對屋。

對屋的板窗已拆除，只放下竹簾，小姐坐在擺著帷屏的廂房沉思。

五位求婚者都在外面喧鬧的人群中，她好希望宴會趕快結束，他們趕快離開。

朦朧的燈台光線只有照到這附近，再稍微往前移動就只能靠月光了。今晚的月亮是滿月，所以眼睛適應後還是能看清楚庭院。

不知道是第幾次嘆息時，聽見了腳步聲。

小姐驚慌地環視周遭，屏氣凝神。

好像有人從連接主屋的渡殿，躡手躡腳地往這裡走過來。繞過外廊走到竹簾前的人影，似乎停下了腳步正往屋內窺探。

小姐緊張地嚥下口水。剛才陪在她旁邊的真砂，去替她倒開水了。

啊，怎麼會這樣，真不該讓真砂離開自己。

以前曾有侍女把冒失輕率的求婚者帶進來，所以她不再讓真砂以外的侍女接近她，結果造成了這次的危機。

屏住呼吸的她，赫然聽到乘風而來的輕輕呼喚聲。

「公主、竹取公主。」

聽到那樣的呼喚聲，原本沉重的身體變得更沉重了。

沒聽過那個聲音。小姐害怕地縮起了身子，心想非逃不可，身體卻不聽使喚，像被施了咒縛法術。

她必須趕快逃進書庫，把門緊緊鎖起來。頭腦這麼想，拚命命令自己，沉重而僵硬的四肢卻好像忘了自己的職務。

對方似乎也不在意她回不回答。

「在那裡的是竹取公主吧？我把我飽受愛情折磨的思慕之苦寫在信上送給妳，妳都沒有任何回音。」

她很想說因為我對你沒有意思，但害怕得說不出話來。

在呵護下長大的她，從來沒有跟年輕男人單獨見過面。以前曾在真砂與父親的陪同下，隔著竹簾與對方見面，但也都沒說上半句話就結束了。

雖有竹取公主之稱，其實見過她的人少之又少。

「小姐，嫁給我吧，總有一天妳會覺得嫁對了人。」

有雙手貼在竹簾上。

小姐全身僵硬地倒抽了一口氣。「……」

那個人隨時會穿越竹簾。這就是世間所謂「生米煮成熟飯」的強行闖入。

竹簾被粗暴地掀起，用來擋住她的帷屏也被搬動移開了。

風灌進來，吹熄了燈台的燭火。好不容易從她喉嚨擠出來的尖叫聲，跟帷屏重重倒在地上的撞擊聲重疊了。

「快來人啊！」

但是，聲音比想像中小很多，根本傳不到主屋。

有隻手從黑暗中伸過來，小姐用闔上的扇子揮開那隻手，努力地站起來。四肢像鉛塊般沉重。她抓起剛才倚靠的憑几，瘋狂地扔向男人。

趁對方因意料之外的反擊而退縮時，她很快從他旁邊跑過去。外衣被抓住，她就脫掉外衣衝到外廊，踉踉蹌蹌地拚命往前跑。

「等等，小姐……！」

當叫聲響起時，她的頭猛然向後仰，因為頭髮被抓住了。

她全身寒毛直豎，差點無力地跪下來，整個人嚇呆了。
「妳抵抗的話會很慘喔。」帶著嘲弄的話，扎刺著她的耳朵，就像魔鬼的呢喃。
「不要啊……！」就在她發出慘叫時，另一隻手伸過來拉住了她的手，哀號聲霎時響起，抓住她頭髮的力量也消失了。
看到突如其來的伏兵，她驚愕得呆若木雞。那個人趕緊把她拉到背後，擋在冒失輕率的男人前面。
「請不要使用暴力，巨勢大人。」
「什麼?!」巨勢維人按住將他揮開的手，憤怒地站著。
成親誠懇地接著說：「現在住手還可以當您是酒醉失態。您看，小姐這麼害怕。」
成親偏頭看一眼背後的小姐，很快又轉回來看著維人，那眼神閃爍著銳利的光芒，但小姐看不到。藏在袖子裡的右手，正結著某種手印。
被氣勢壓倒的維人，不甘心地撤退了。
文風不動的成親，直到維人的背影完全消失，才面向前方開口說：「竹取公主，請回屋內。」
「啊……」她正要說什麼時，察覺有狀況的真砂跑過來了。
「小姐，妳沒事吧？」

「真砂！」一看到信賴的侍女，她緊繃的神經就鬆懈了。

她像拉緊的絲線突然斷裂般癱坐下來，成親慌忙轉過身，蹲下來說：「妳哪裡受傷了嗎？」

「沒有……」勉強回答後，竹取公主忽然抬起了頭，正好與成親四目交接。

在月光的照射下，成親的臉看得很清楚。

那是第一次見到的臉，不曾來找過父親。

她微偏著頭，盯著不太敢看她的成親，片刻後才回過神來，趕緊轉過身去。她不該沒有隔著竹簾，跟年輕男人這麼接近。

「小姐！喂，你想對我們小姐怎麼樣……！」

真砂把小姐摟入懷裡，指責成親，小姐慌忙制止她。

「不、不是的，真砂，要不是他趕來，我……」

我現在……想到這裡，小姐不寒而慄，真的是千鈞一髮啊。

她這才顫抖起來，想起心愛的頭髮被粗暴地拉扯，她又害怕又氣惱地落下了眼淚。

成親想侍女來了，應該沒事了，便站起來說：「那麼，我告辭了。」

正要離去時，被真砂叫住。

「請等一下，你是誰？為什麼會在小姐的對屋？你不說我可不會放過你。」

嚴厲的語氣，聽得出絕不饒恕的意味。

成親困惑地回過頭說：「我叫安倍成親，是陰陽寮的曆生，今晚是跟陰陽助一起來的。」

「然後呢？為什麼在這裡？理由呢？」真砂更加強了語氣問。

「我祖父算是個名人……」

「啊？你想說什麼……」

「參議大人來拜託我關於小姐的事，沒多久後我就看到巨勢大人，避開眾人耳目偷偷地往這裡來，我有點擔心就跟著他來了。」

真砂張大了眼睛。那麼，他不但不是來欺負小姐，還救了小姐？

她趕緊道歉。「對不起，我沒有搞清楚狀況就隨便懷疑你。」

「哎呀，沒關係啦，這也是沒辦法的事，連我自己都嚇呆了。」

「啊？」

不由得露出嘻笑本性的成親，趕緊擺出正經的表情。

「呃，失禮了。那麼，我告辭了。」

成親一鞠躬返回主屋。真砂目送他離去後，轉向還臉色發白的小姐。

「我想起來了，那個年輕人是陰陽師安倍晴明大人的家人。」

「安倍……晴明大人……？」

真砂從唐櫃拿出新的外衣，給茫然若失的小姐披上。被巨勢維人抓住的那件外衣，小姐恐怕再也不會穿了，她打算改天拿去丟掉。

「我也是第一次見到他，不過，我覺得他的外表比向小姐求婚那些人好很多，而且，他說他是曆生，官位應該也不高。小姐，就選他吧。」

竹取公主茫然地環視周遭，看著傾倒的帷屏、掉落外廊的外衣。

「可是，我們才第一次見到他……」

「這樣才好啊！有說服力！」

真砂握緊拳頭極力主張，小姐被她的氣勢震懾，點點頭說：「也許吧……」

賞月之宴的第二天。

從陰陽寮回來的成親，煩惱地待在自己房間。

「唉……」滿臉難色咳聲嘆氣的成親旁，出現了神將的神氣。

《你看起來愁眉不展呢。》

「本來想昨天就解決這件事，結果錯過了時機，真傷腦筋。」

那張臉煩惱與懊惱摻半。

「嗯……？」

傳來說話的聲音，好像有客人來。

《是誰呢……啊，是參議大人派來的使者。》

「啊，他自己派人來找爺爺了？那麼，就不需要我去說了。」

昨天很晚才回到家，今天又大早就出門了，所以成親還沒有把參議大人拜託他的事告訴祖父。回來時，晴明被某位貴族請了去，兩人又錯過了。本來想等晚上再去報告，現在參議直接派人來了，應該會帶書信來吧。

既然這樣，自己就專心做該做的事吧。

這麼決定後，正要謀劃對策時，昌親驚慌失措地跑來了。

「哥哥，父親找你，參議大人派使者來了……」

「嗯，有事找爺爺吧？……喂，昌親，你臉色發白呢。」

「太、太驚訝啦，總之，快去父親那裡，我不知道該怎麼告訴你……」

看到昌親支支吾吾、欲言又止的樣子，成親滿腹狐疑地來到使者與父親所在的房間，面對的竟然是想都想不到的事。

使者回去一段時間後，成親還是驚訝得說不出話來。

這就是失魂落魄的感覺？到目前為止，他算活過了一段歲月，多少也碰過令人驚訝的事，但是，還沒有過可以用「失魂落魄」來形容的經驗。

周遭人比當事人早一點恢復了冷靜。

盤坐在成親旁邊的昌親，不時露出感嘆的神情。

「真的有所謂言靈呢……」

參議派來的使者說，大人派他送信來，是希望成親可以成為他家的女婿。

字跡如行雲流水的信上，千真萬確寫著這樣的事。

很想說是不是哪裡搞錯了？但對方似乎很認真。

「你好厲害啊，哥哥，竟然認識竹取公主，還跟她心靈相通，你們是怎麼樣步入了談論婚嫁的階段？」

成親不悅地瞪著弟弟。「你想挨揍嗎？」

「對不起。」昌親立刻道歉，成親沒有再責怪他，只是眉宇之間的皺紋越來越多條。

「那位大小姐到底想怎麼樣？」

《恕我僭越。》

兩人的視線落在什麼都沒有的地方。

《我覺得這應該是世間所謂的一見鍾情。》

「咦～」成親難以置信地大叫。

昌親卻是一副恍然大悟的樣子。「啊，原來如此，這樣我就懂了。所以，她說那天晚宴隔著竹簾看到哥哥，就被哥哥吸引了，這也是大有可能的事。」

這是為則信上寫的。

沒有提到成親是在小姐遭維人暴行時救了小姐的事，應該是不想提吧。事情傳開來會傷到小姐的心，所以成親也不想說出事實。

「巨勢應該也不希望事情鬧大吧。」成親唸唸有詞地站起來。

「哥哥？」

「我要去找爺爺。」

就在他們一片茫然期間，祖父回到家了。除了參議的事，他還有其他事要向祖父報告。昌親向他揮揮手說去吧，深深嘆了口氣。

真沒想到哥哥會被名聞遐邇的竹取公主看上。

參議為則雖是藤原氏族，但與攝關家⑤的血脈稍有不同，所以不會有比現在更好的升遷了。但是，論地位、身分、財產都無可挑剔，為則的為人評價也不錯。對方又是美到被稱為竹取公主的小姐。

通常，有野心的男人，早就毫不猶豫地貼上去了。

沒錯，通常是這樣，但是……

「不知道該說哥哥是沒有欲望，還是沒什麼神經……」昌親自言自語地抓抓頭。

參議為則的女兒甩開五名求婚者，向一個不能上殿的無名小官提親，這件事很快就傳開了。

第二天，成親去陰陽寮時，幾乎所有人都知道了，每個人都追著他問來龍去脈。

「當我是珍禽異獸啊……」

其他省廳應該也都還是上班時間，卻有不少公卿、殿上人，陸陸續續跑來看這個得到竹取公主青睞的幸運年輕人。成親被這些好事者吵得無法專心工作，又怕打攪到同事們，所以下班時間一到就結束工作匆匆離開了。

他對工作向來抱持認真、踏實的態度，沒想到會這樣旁生枝節。

「會這樣子，都怪爺爺對我說了那種話……」

他忍不住想把氣發洩在祖父身上。

《對不起。》陪在附近的神將向他致歉。

他皺起眉頭說：「你不必為此事道歉吧？真是的，竹取公主竟然把我當成了幌子。」他不高興地嘀咕著，眼神突然變得犀利。

停下腳步，環視周遭後，他邊瞇起眼睛探索氣息，邊繼續往前走。身旁依然飄著神將的神氣。

那是祖父晴明為了預防萬一，派來跟著他的護衛。

早在他父親吉昌出生之前，更早在祖父與現在已經辭世的祖母若菜結婚之前，十二神將就是祖父麾下的式神了。還多多少少聽說過，祖母去世後，是十二神將代替母職把父親和伯父帶大的。成親和昌親從懂事前就被十二神將包圍，所以有他們跟在身旁也不會不自在，只覺得騰蛇很可怕。

「參議大人這兩天才認識我，就說我是個老實、磊落的好青年，真是噁心又肉麻的讚辭。唉，這就是天下父母心吧，想達成女兒的願望。」

但是，他也有他的立場。

不過，他目前並沒有特定對象，所以這點不是問題。小姐年紀比他小，所以這點也還好。前天驚鴻一瞥，小姐的確美得「光亮耀眼」，連平常總是把傳聞打八折來聽的成親，也不由得驚嘆「哇，好美！」但是因為神將都有過人的美貌，他已經看太多了，所以沒更多的驚豔。甚至可以說，他只會客觀地覺得漂亮，對容貌的美醜已經沒什麼感覺了。

對方是參議的女兒，所以成親拒絕的話，可能會有點麻煩。他必須想辦法讓對方主動撤銷婚事，否則自己的人生將會一片黑暗。

《答應就好了嘛！》

「喂！」黃昏時路上沒什麼行人，但為了謹慎起見，成親還是壓低聲調，移動視線說：「那麼，我的感情呢？難道對方提出這樣的要求，我就要乖乖去結婚嗎？別看我這樣，除了我自己屬意的女人之外，我並不打算接受任何人。」

我不想為了升遷而欺騙自己，而且，跟毫無感情的人結婚，不是對那個人很失禮嗎？

成親憤然說著這些話，十二神將太裳看著他的側面，淡淡地苦笑起來。

像他這麼老實、磊落、剛毅正直、有骨氣的年輕人已經不多見了，所以姑且不論竹取公主的真正心意為何，參議大人的眼光的確沒有錯。

昂首闊步的成親，又停下了腳步。

這不是回安倍家的路，他要先繞到某個地方。因為是祖父的命令，所以要盡早完成任務。

逐漸傾斜的太陽已經隱藏了身影，夜幕開始覆蓋整個京城。小巷子裡依然不見其他行人，只有成親一個人。

被厲聲催促後，好幾個人從陰暗處冒了出來，每個人手上都拿著武器，明顯露出對成親的敵意。

「統統給我出來！」

瞪著這群歹徒的成親，覺得其中一個人很眼熟，他在記憶中搜索著。

好像在參議府邸的晚宴上有見過。

成親瞇起眼睛瞪著那個男人，當晚的光景在腦海中浮現。

「是無官大夫的隨從啊。」

被說中身分的男人滿臉驚愕，但很快嗤笑了起來。

「既然這樣，就明說吧，你讓我們家公子面子掃地，所以我們來給你一點忠告。」

成親敏銳地瞇起眼睛說：「是不是要我趕快退出，再順便推舉你們家靖遠公子？」

大概是打算說不聽就動用武力吧。藤原氏族的大少爺，怎能忍受輸給一個連貴族社會結構都無法理解的無能區區小官。

「喲，你這個等於沒地位的小官，反應還不差嘛，只要你知道悔過，這件事就能圓滿解決。」

又不是我的錯，怎麼好像我成了所有的原因？

成親覺得靖遠的隨從說得很沒道理，茫然地望著遠方。

那樣的態度被他們視為不服從，他們個個睜眉怒目，從刀鞘拔出大刀。

《成親大人！》

太裳緊張地大叫。十二神將必須恪遵天條，不能出手傷害人類。儘管對方是壞人，太裳也不能應戰。

攻擊者包圍手無寸鐵的成親，每個人都手持武器，目光邪惡地笑著。

「哥哥怎麼還不回來呢？」

快到晚餐時間了，還不見成親大哥。

所有人都等著他回來一起開動，卻怎麼也等不到他。

昌親聽到乖乖坐著等的昌浩肚子餓得咕嚕咕嚕叫，摸摸他的頭、心疼地笑著說：

「不如昌親哥哥去接大哥回來吧？」

「昌親哥哥肚子也餓了吧？」

「嗯，可是沒有昌浩那麼餓。我很快就回來了，你跟母親還有其他人一起先吃

吧。」

父母也點頭表示同意，可見他們也很擔心。但是，祖父晴明什麼也沒說，所以應該不會發生什麼事。

「我有派人跟著他，應該不用擔心……」

「我想也是，我只是想去告訴他，昌浩在等他。」

晴明苦笑點點頭。「是嗎？那就……」

他向某處望去，那裡就出現了神氣。因為隱形看不見，但他知道有兩名神將站在那裡。

「那麼，我走了。」正要走出家門時，昌親聽到有點緊張的聲音。

《等等，昌親，情況有點危急。》

昌親瞪大了眼睛。

幸好有月光照射，比全暗好多了。

成親在千鈞一髮之際，躲過第一個砍過來的男人，用膝蓋撞擊對方胸口。男人痛得把身體彎成く字形，他又毫不留情地揮起手肘攻擊對方背部，再來個最後的迴旋踢，踢中對方脖子一帶。

男人被摔得狗吃屎，成親撿起他掉落的刀，捲起右手袖子，毫不畏懼地笑著環視所有人。

冷不防遭到反擊的攻擊者們，瞬間驚慌起來，但想想自己人多勢眾絕對有利，又重新燃起了士氣。

「你再做無謂的掙扎，只會更慘！」無官大夫靖遠的隨從恐嚇著。

成親把大刀扛在肩上，瞇起眼睛說：「你們知不知道，這世上有所謂虛張聲勢的威脅？」

「你小小一個曆生，竟敢口出狂言……！」

掄起大刀的男人們正要往前踏出一步時，突然吹起強烈狂風，絆住了他們的腳。

「咦？」這不是自然風。

風停了。接著，劃過銳利聲響，一支箭插在男人們腳下。

「什麼?!」

往前一看，昌親正拉滿弓站在約十丈遠的地方，箭頭對準了隨從。

「你們幹什麼?!」

隨著怒吼聲被射出來的箭，掠過隨從的耳朵。隨從狠狠地瞪著昌親，趁他準備下一

支箭時衝向了成親。

「你不過是個曆生！」

按理說，曆生是文官，應該不懂什麼武藝，隨從是保護主人的人，所以身手應該還不錯，然而……

「不准說『不過是』！」

成親的刀亮光一閃，隨從的刀就被彈飛出去了。被刀背狠狠擊中手腕的隨從，不由得蹲坐下來。

成親把刀架在他脖子上，低聲說：「你這顆愚蠢至極的大腦，以為什麼事都可以用武力擺平嗎？記住，沒有文官，就沒有人處理政事。順便再告訴你，沒有曆表，日常生活就會停滯。」

他猛然抽回大刀，彈開從背後攻擊的男人的刀尖。再收回刀子，使出渾身力量用刀背攻擊男人側腹部，男人發出慘叫聲就倒地不動了。

接下來的攻擊，還沒碰觸到成親，就被昌親的弓箭阻擋了。一個男人慘叫著拔起插入手臂的弓箭，又被成親狠狠地踢倒在地。

演變成這種局面，歹徒們都失去鬥志，落荒而逃了。

成親對著他們的背影大叫：「喂，這些傢伙很擋路耶，把他們也帶走啊！」

但是，那些人完全沒有回頭的意思。成親看著躺在地上呻吟的幾個男人，一個頭兩個大，不知道該怎麼處置他們。

這時候昌親跑過來了。

「大哥，有沒有受傷?!」

「沒有，倒是你，怎麼會來？」

還帶著弓箭呢，成親又接著這麼說。

昌親沉穩地笑著說：「大哥遲遲不回來，昌浩很擔心，所以我來接大哥啊。白虎和朱雀告訴我大哥遭到襲擊，為了預防萬一，我就武裝來了。」

「原來如此。」

《那麼，》陪在成親身旁的太裳提議說：《請白虎把這些人帶走吧。親切地把他們送回無官大夫府邸，無官大夫就會對自己的行為感到羞愧而悔改，不會再做這麼莽撞的事。》

「啊，好主意，白虎，可以拜託你嗎？」

十二神將白虎現身，苦笑著點點頭說：「我帶他們回去。」

遇襲之夜的幾天後，有位殿上人來找在陰陽寮曆表部門工作的成親。

因為有不想讓人聽見的事要談，他們離開寮，來到沒有人的庭院角落。

這位公卿確認四下無人，開口就向成親道歉。

「昨天，少納言大人把他兒子的惡形惡狀都告訴我了，真是一族之恥。」

「那件事啊……沒關係，反正也沒怎麼樣。」

受過一次教訓後，無官大夫靖遠就沒有再來找過成親的麻煩。不過，成親已經抱定決心再來就再把他打回去，所以再來也無所謂。

把成親、昌親當成區區文官來看，就會被打得很慘。因為他們的武藝是來自十二神將的真傳，學的是實戰而不是花拳繡腿。

成親沒多說什麼，公卿也就不再道歉了，突然轉變話題說：「對了，關於為則大人家千金的事……」

成親的眉梢抽動了一下。這幾天大家動不動就跟他提小姐的事，所以一聽到小姐兩個字他就沒來由的怒火中燒：我到底做錯了什麼？

我的確救了她，但那是為了其他理由，並沒有那之外的企圖。

「這位被稱為竹取公主的小姐，跟我從小一起長大，我們偶爾會通書信……她很感嘆地說，事情鬧成這樣，她不知道該怎麼收拾才好……」

「咦？」成親不懂地反問。

公卿為難地笑笑說：「希望你把這件事藏在心底就好……」

響起工作結束的鐘鼓聲。

成親跟著鐘鼓聲站起來，匆匆離開了陰陽寮。

稍後他必須去參議大人府邸，在那之前還有件事要解決。

「再拖延下去會被爺爺罵。」

《還不至於挨罵吧……》

「不，會被罵，今天早上他也意味深長地瞪著我。」

好像有一點被害妄想症了。

太裳淡淡苦笑，跟在成親後面，走向巨勢維人的府邸。

滿臉愁容眉頭深鎖的成親，想起不久前的事。

那天聽說要在參議府邸辦賞月之宴，晴明就把成親找去說：「陰陽寮的巨勢權助來向我哭訴。」

權助說，權助氏族中的維人，因為太思慕竹取公主，從他那裡拿走了施咒用的道具。

因為再怎麼追求，小姐都不理不睬，連一點點希望都不給，所以維人再也受不了她這種態度，想用強硬手段把她的心扭向自己。

巨勢一族有不少從事陰陽道的人才，所以他這個外行以為自己也做得到，就有樣學樣地施起了法術。

結果很慘。維人完全變了一個人，變得陰鬱，連竹取公主都出現了被詛咒的徵兆。狀況超越權助所能處理的範圍，他已經無計可施了。

來找晴明的權助，一副世界末日的樣子，低頭屈膝地懇求晴明。

「我是忍辱含羞前來拜託你的。晴明，請救救我。這樣下去，不只維人，連竹取公主都會有生命危險……！」

「那傢伙是白癡啊！」成親發表他率直的感想。

晴明說：「嗯，毫無疑問是個大白癡。」

企圖靠法術來掌控人心，簡直是異想天開。即使取得那種虛假的感情，就那樣度過一生，除了空虛外還能得到什麼呢？難道光有形式就好了嗎？當然不好。

不付出努力，就想得到結果，實在太離譜了。所以，成親最討厭那種倚仗父母的權勢，只要事情不順遂就鬧脾氣的貴族青年。

「權助已經無法解決，成親，這件事就交給你了。」

「知道了，我會盡快、悄悄地解決。」

他都這麼說了，還湊巧被帶去了賞月之宴，卻發生意想不到的事，讓維人對他產生了防備。

現在只能冷不防地直攻府邸。幸好巨勢家不是太過顯赫的家世，所以門檻並不高。換作是藤原氏或源氏的府邸，成親也不敢貿然拜訪。

《跟某位藤源氏的人結為姻親，這個問題就解決啦。》太裳這麼說。

成親板起臉問：「什麼意思？」

《就是那個意思。》

成親把眉頭鎖得更緊了，但沒有再說什麼。

看到巨勢府邸了，從府邸飄出刺骨的咒力。

繃起全副精神的他有絕對勝算。

在三男出生前，為了成為安倍晴明、吉昌的接班人，他努力不懈地修行至今，現在已經開花結果，擁有躋身當代前五名的實力。

只不過，那是靠努力得來的，終究不及與生俱來的天賦。

如此而已。

聽說安倍成親來訪，竹取公主縮起了身體。

陪在她身旁的真砂，臉色發白低著頭。

「小姐，都怪我思慮不周，請原諒我……！」

小姐對說不下去的真砂搖搖頭，淒涼地笑笑說：「不，是我害他受到了牽連，我會好好跟他道歉。」

前天晚上，她寫了信給從小認識的朋友藤原行成。

——這次的騷動你應該也聽說了吧？現在向我求婚的人，一個個都不老實，我完全不想結婚。所以，為了趕走那些人，我把天文博士安倍吉昌大人的長子成親大人當成了擋箭牌……

「小姐，安倍大人來了。」侍女的通報聲，扎刺著她的胸口。

在竹簾前的外廊上坐下來的年輕人，臉上毫無感情，但是沒有說任何責備的話，只是默默坐著。

忍受不了沉默的小姐，主動開口說：「這次給你添麻煩了。」

「不會，還好。」

「我的一己之私，造成你的不快，真的很對不起。」

「不會啊，沒什麼。」

「呃……」小姐說不下去了，不管說什麼，他都只是淡淡地回答。

尷尬的沉默流逝著，只聽見蟲叫聲。

不久後，成親嘆口氣抬起頭說：「妳的身體還好嗎？」

問得太突然，小姐一時不知如何回答。回想起來，這幾天的身體不適，不知何時都消失了。

「啊……沒有特別不舒服的地方。」

「是嗎？」成親點點頭，突然改變了話題。「無官大夫安芸守後來有再跟妳說什麼嗎？」

小姐張口結舌。

「今天行成大人來找我，把事情都告訴我了，妳的問題都解決了嗎？」

小姐回頭看著真砂，真砂沒出聲，只點了點頭。

「啊……是的，那些人都……」

「既然這樣，我的任務也結束了。那麼，我告辭了。」

成親一鞠躬站起來，小姐不由得叫住了他。「呃，等等……」

「還有事嗎？」成親的聲音很冷淡。

隔著竹簾，成親看不到小姐的表情，小姐緊緊握住了扇子。「呃，那件事就當沒發

生過，我會跟我父親說……」

「是嗎？」成親只說了這句話就離開了。

真砂鬆口氣，安心地笑了起來。

「還好，他不兇，碰到脾氣暴躁的人說不定會破口大罵呢。」

可能是因為對方是參議的女兒，所以他不得不自制吧。

「小姐，這麼一來，應該暫時不會有人寫信給妳了。過過優閒的生活，讓心情平靜下來吧。放心，一定會有好的公子出現，帶給小姐幸福。」

「真砂。」竹取公主打斷真砂的話，低下頭說：「讓我一個人安靜一下。」

「小姐？」

「我要一個人安靜一下。」

小姐越說越激動，真砂儘管滿腹狐疑，還是乖乖聽話離開了對屋。

真砂離開前點燃了燈台，火焰隱約照出了竹取公主的側面。

美得光亮耀眼的竹取公主，臉上有好幾條淚水潸潸的痕跡。

把毫無關係的人牽扯進來，傷害了那個人，讓她非常難過。

而且，最難過的是，再也見不到初戀的人。

自己怎麼會做這麼愚蠢的事呢。

她接受真砂的提議，假裝一見鍾情，只是做做樣子而已。她們盤算過，成親的官位不高，家世門第也遠不及藤原一族，所以事後把真相告訴他，他也不敢張揚。

這是在懲罰她們如此膚淺、愚蠢的心，哪有人可以隨便傷害呢。

結果自己傷到自己，現在哭得這麼慘，真是太愚蠢了。

掩著臉，強忍住哭聲的小姐，沒發現有人偷偷潛入了廂房。

「早知道會哭成這樣，一開始就不該這麼做。」

「唔！」她嚇得心臟差點停止，猛然抬起頭，看到剛才明明已經離去的背影佇立在帷屏前。

背對著驚愕得說不出話來的小姐，成親自言自語般地說：「竹取公主把五位求婚者統統趕走，最後還拒絕皇上的召喚，回到了月球。這裡的竹取公主卻選中了地位與皇上有天壤之別的人，真是個怪人。」

「那……那是……」淚水讓她說不出話來。

「而且，聽說一定要嫁給一輩子只娶一個老婆的怪人。」

八成是聽行成說的。小姐沉默不語，不知道該說什麼。

「難得有貴族小姐這麼頑固、倔強呢，真有意思。」

說得更深入點，在這樣的世道還能如此純真，不是很有意思又可愛嗎？

「皇上最後被甩了，幸好我是個富機動性的低下階層，所以不需要跟著故事情節走。我這個男人沒什麼牽絆，年紀又跟妳差不多，更重要的是人長得帥、頭腦好、做事又有要領，是成為參議大人女婿的最佳人選。」

成親轉過來，露出笑容說：「我家世世代代都只娶一個老婆，是現今罕見的家族，我也不例外，一定是那樣。如何？要抓住我嗎？」

「……」

「像妳這麼奇怪的小姐，配我這樣的人剛好。」成親不用宮裡正經八百的語調，大膽地以平常的粗俗方式說話，小姐沒有任何回應。

沒有用語言做任何回應。

她什麼也沒說，但緊緊抓住了成親的袖子不放。哪裡找得到這樣的深閨小姐呢？

故事裡的公主通常很柔弱、夢幻，現實裡的她卻是個倔強、難纏的公主，就這點來說，她果然是竹取公主。

「一切成定局後，她真的難纏到了極點，固執、倔強也就算了，還很愛哭，稍微捉

弄她一下就哭得像個淚人兒。」

那樣子也很好玩、很可愛。

哭完後會狠狠地罵他一頓，但還能忍受。

那時隔著竹簾見面時，他故意表現得那麼冷淡，是想到至今所受的委屈和將來必須面對的艱辛勞苦，就趁機報仇了。這樣應該還可以被原諒吧？

《真是的……》

隱形的太裳難得現身了。

恬靜的淡紫色眼睛，從上面俯瞰著成親，帶著斥責小孩子般的神色。柔順的青瓷色頭髮，還不到後頸部的髮際線，穿著類似大陸官服般的衣服。不管對誰說話都謙恭有禮，所以昌親那樣的遣詞用字，恐怕是深受太裳的影響。

昌親的弓箭師父是太裳，成親的劍道師父是勾陣和朱雀。

年紀看起來跟朱雀差不多的太裳，在成親旁邊蹲下來說：「你那時候說得很無情，我在旁邊都替你捏把冷汗呢。」

當時成親只是假裝離開，並沒有走。明知小姐在哭，還讓她那樣哭了好一會兒，連太裳都看不過去，很想出言相勸。

「做到那樣還好吧？」

「你這方面很像晴明。」

「像他一點也不值得高興。」成親認真地嘀咕著。

正要站起來時，有腳步聲往這裡來了。

太裳轉移視線，看到成親的妻子拉開格子門進來了。

「成親，你要讓我們等多久啊？」柳眉豎起來了。不過，再怎麼生氣都無損她那張美麗的臉。她的表情隨時都在變，神采奕奕，也很討人喜歡。

「我正要去。」

「又想騙我了……」

成親苦笑著安撫妻子說：「是真的，因為爺爺的式神在那裡，我跟他聊了一下，對不起。」

搬出晴明的名字，她就沒轍了。晴明向來很照顧他們，所以，既然是跟晴明相關的式神，她也不好多說什麼。她沒有靈視力，所以看不見太裳。但是，成親說在，應該就在吧，因為成親從來沒有撒過那種謊。

「國成他們在等吧？走啦，篤子。」

「啊，等一下，成親，你怎麼這麼……」

聽著夫妻逐漸遠去的對話，太裳苦笑起來。夫婦之間感情穩定，沒有任何需要擔心的事。

「那麼，我也回到晴明身旁吧。」隱形神將的神氣，就那樣咻地消失了。在空無一人的房間裡，矮桌上的書被風吹得紙張啪啦啪啦地飄搖。

小怪的陰陽講座

③陰陽寮長的輔佐人。

④竹取公主是《竹取物語》中的女主角，《竹取物語》是日本最古老的物語作品，故事敘述某老翁從竹心取得一名女嬰，長大後貌美如沉魚落雁，追求者絡繹不絕。她出難題趕走五位權貴公子，並拒絕皇上的召喚，最後在八月十五日的晚上回到了月球。

⑤攝關是「攝政關白」，也就是代替天皇執行政務的人，「攝關家」即攝政關白的家族。

後記

各位，好久不見了，大家過得還好嗎？我是結城光流。

基本上，《少年陰陽師》是以出版順序編集數，所以番外篇也算。《少年陰陽師》第十四集，是番外短篇第二部。

首先，來看例行調查。

第一名是安倍昌浩，以目前的氣勢，這樣的紀錄可以持續多久呢？

第二名是十二神將中最強的凶將紅蓮，似乎是上一集的最強形象把他推上了寶座。

第三名是從瀕死邊緣活過來的勾陣，很多人說：「大姊，很高興妳還活著！」

接下來是六合、玄武、朱雀。啊，還有人用特大號的字寫著：「我投晶霞一票！」晴明也入圍了。

這次最令我驚訝的是，沒人投小怪，所有票數都被紅蓮搶走。這樣不行，必須恢復小怪的地位。可是我又想確保紅蓮的出場，還想讓有點變成後衛的六合也能上場，且期待能看到白虎、天一、朱雀的活躍。其他還有爺爺、車之輔、小鬼們，更不能忘了昌浩的哥哥們，彰子也很努力。再加上行成、高淤神、TOSSHI，算起來人物還真不少呢。

來談談這部「哥哥們特集」吧。

成親和昌親都是第一集就已經設定的人物，但是，一直沒辦法讓他們在正文中出場，直到第七集才與大家見面。因為每一集頂多只能出現三個新人物，優先順序當然是神將和敵人，所以哥哥們怎麼樣都會被挪到很後面。在正文，都是以昌浩周邊的人為主軸，所以，在雜誌短篇，我都盡量讓平常無法出場的人物優先出場。不過，還是要以高人氣的角色為優先。如果感嘆自己喜歡的人物太少出來，請寫信告訴我。

在第一話〈掃蕩黑之幻妖〉中，三兄弟都到齊了，激動的昌浩很可怕。生性堅毅，被盒子擊中也叫都不叫一聲的昌親，把N崎迷倒了。

第二話是〈惹神遭祟〉，就是從這一篇開始，考慮雜誌的番外短篇不再使用命令式的語氣型。看完這本書，就會知道靖遠與成親之間的恩怨。

勾陣與昌浩是在第三話的〈理由無人知曉〉初次見面。小怪把勾陣稱為「勾」，昌浩一開始就提到了這件事，卻被四兩撥千斤矇混過去了。我很喜歡亂發脾氣的紅蓮。

第四話〈竹取公主〉，主旨是「沒回月球的竹取公主」。為了不讓讀者嗆聲說「那裡像？」，我很努力朝這個方向邁進。主旨終究只是大方向，不是情節喲（先這樣為自己辯解吧……）。我想差不多該讓十二神將統統出來了，所以最後一個神將終於現身了。因為是難得的哥哥們特集，所以封面插畫也是三兄弟齊聚。錯過番外篇，成親和昌親恐怕永遠沒有機會了。話說，成親和昌親也都很帥呢。好想加上「三兄弟來也！」的標題。

在劇情ＣＤ上給過我不少幫助的劇本家吉村，說吉昌家的長子、次子都非常優秀，對他們讚賞有佳。說得沒錯，他們不但不妒忌小弟的才能，還欣然認同那份才能。不過，如果昌浩說不想繼承爺爺，那麼，成親和昌親應該也會尊重他的想法，全力支持他。年紀相差很遠，上面的哥哥、姊姊自然會疼愛下面的弟弟、妹妹。說個題外話，我家的境況跟安倍家很像，就立場來說，我相當於昌親，不過沒他那麼優秀就是了（苦笑）。

《篁破幻草子》劇情ＣＤ第一集「遠超越宿命」，去年九月二十二日已經發行了。大家都聽了嗎？足以與少年陰陽師劇情ＣＤ系列匹敵的超豪華配音演員陣容的逼真演技，大家都聽了吧！

陸幹是今井由香、雷信是野島健兒、清嵐是鈴木達央、萬里是小林由美子、神野是三木真一郎、閻羅王是大林隆介、朱焰是中田讓治、太慎是成田劍、井上是黑河奈美。能請到野島昭生來替岑守配音，我個人更是無限感恩……！篁、融都開口說話了，比以前更生動地在大腦裡縱情奔馳，我深深體會，原來得到聲音的生命就是這麼回事啊。

再來，是關於多數人熱切期盼的《少年陰陽師》劇情ＣＤ〈天狐篇〉。

讀者的期望加上我火辣辣的熱情，傳達給製作群後，有了肯定的答案。萬歲！（我沒有威脅喔，只是用我所有的熱情全力把這件事傳達給N川路、O川、A先生們而已。當然，也向爺爺祈禱了。）現在正在企劃中。詳細內容會逐一發表，所以請密切注意Frontier Works的網站、文庫的廣告單、Beans A、Asuka、The Beans！

《少年陰陽師》周邊商品的新作也快要上市了。關於這方面的消息，也請密切注意Animate。好開心啊，既興奮又期待。

Beans A和Asuka都正在連載漫畫版《少年陰陽師》，也請多多指教囉。我自己也以讀者身分，看得很開心呢。

不能樂到衝昏了頭，小說也要努力寫才行。

少年陰陽師第十五集將邁入新章回，走出京城。

昌浩和小怪、紅蓮將面對什麼樣的挑戰，我也不知道（咦?!）。

各位的來信，真的是很大的鼓勵。不管做什麼工作做得喘不過氣來時，都會想「我要加油！」雖然沒辦法回信，還是希望大家再寫信來，把你們的想法、感受告訴我。

那麼，下集再見了。

結成光流

全新單元『珂神篇』震撼第一集！

難得過了一段平靜的生活之後，昌浩想去向以前曾經幫助過他的道反女巫道謝，便和紅蓮一起前往古老的神之國『出雲』。沒想到，這時候有某個神秘人物為了取得喚醒『荒魂』之鑰，突然對道反聖域發動了攻擊！昌浩面前又出現了新的強敵……

 ●書封製作中

少年陰陽師

玄妙之絆 妙なる絆を掴みとれ

死而復生的風音成了敵人的棋子?!

攻擊昌浩的神秘術士『真鐵』竟然竊取了風音的身體與靈力！遭到真鐵猛烈攻擊的昌浩，陷入瀕死邊緣，失去了意識。因為不能傷害人類而無法隨意反擊的神將們，傷勢也十分慘重，無法阻止真鐵和跟隨他的妖狼將昌浩帶走！面對這個始料未及的危急狀況，安倍晴明作了某個決定……

 ●書封製作中

國家圖書館出版品預行編目資料

少年陰陽師.拾肆.竹姬綺緣 / 結城光流著；涂愫芸譯. -- 初版. -- 臺北市：皇冠, 2009.07
面;公分.--(皇冠叢書；第3872種 少年陰陽師；14)
譯自：少年陰陽師：其はなよ竹の姫のごとく
ISBN 978-957-33 -2548-2(平裝)

861.57 98008587

皇冠叢書第3872種
少年陰陽師 14

少年陰陽師——
竹姬綺緣

少年陰陽師
其はなよ竹の姫のごとく
Shounen Onmyouji ⑭ So wa nayo Take no Hime no gotoku

作　　者—結城光流
譯　　者—涂愫芸
發 行 人—平雲
出版發行—皇冠文化出版有限公司
台北市敦化北路120巷50號
電話◎02-27168888
郵撥帳號◎15261516號
皇冠出版社(香港)有限公司
香港灣仔駱克道93-107號利臨大廈1樓
電話◎2529-1778　傳真◎2527-0904
出版統籌—盧春旭
編務統籌—孟繁珍
版權負責—莊靜君
日文編輯—許秀英
美術設計—許惠芳
行銷企劃—李嘉琪
印　　務—陳碧瑩
校　　對—鮑秀珍・熊啟萍・孟繁珍
著作完成日期—2005年
初版一刷日期—2009年7月

法律顧問—王惠光律師

讀者服務傳真專線◎02-27150507
電腦編號◎501014
ISBN◎978-957-33-2548-2
Printed in Taiwan
本書特價◎新台幣199元/港幣67元